ベッドの思惑

田辺聖子

目次

ベッドの思惑

深追いについて

1

「どうでした、ベッドの寝心地は」

日曜の朝、友人の山名与志子《よしこ》から電話がかかってきた。

「まあまあ、ね」

「一人では広すぎたやろ」

と与志子がいうのは、私がベッドを買ったとき彼女も一緒に行って、つぶさに見ているからである。私は投げ返した。

「たまには一人で寝るのもいいもんだよ」

「突っぱってるゥ――ミエミエの嘘《うそ》つきなさんな。くやしかったら二人で寝てみい」

「あんた、二人で寝てるのん」

「寝てないけど」

と与志子はげらげら笑って電話を切った。

私も与志子も同じ三十一で、ヒトリ者同士である。

私はベッドの上に坐《すわ》り、新聞紙を広げて足の爪《つめ》を剪《き》っているところだった。窓からは春の日光がさんさんと入り……ああこういう生活をしたかったのだ、長いこと。

欲をいえば、私の横に男がいて、コーヒーを飲んでるとか、競輪の予想紙を見てるとか、テレビを見てるとか、そういうことをしてるともっといいのであるが。

しかしこれからは分らない。とりあえず、ベッドを持っただけでも嬉《うれ》しい。それに部屋の中にバス・トイレがあり、キッチンがあるというのが嬉しい。私の夢のお城ができたというものだ。

すべてはこれからだ。

男より前に、男ができてもかまわない態勢をととのえることだ。

与志子を見よ、というのだ。ヤツは親がかりであるゆえ、自分の部屋もベッドも持っているが身の自由を括《くく》られてしまってる。三十すぎて門限があるなんて恥ずかしいと思わねばならない。

そこへくると私は、と嬉しくなっちゃう。

私は剪った爪を捨て、ついでにバスをのぞくと、湯がもうもうとあふれかえっていたから、あわてて止めて、ハダカになる。

ワンルームなので、ベッドでパジャマを脱いで、ハダカでバスまで、部屋を突っ切ってゆく。

見よ、こういうことができるのだ。これも嬉しい。男がいて、彼の前で、こういう風にできると、もっと嬉しいんだけど。

浴槽は空色である。まことに小さい。私はそう大女ではないのに、四肢が外へ出るかと思われるほど小さい。男なら行水《ぎょうずい》のタライみたいになるんじゃないかしら。でも満足だ。

いつでもお風呂に入れるなんて。

ここへ越してまだ二週間であるが、私は、

（――生れてよかった！）

と思うくらい満足しているのだ。

バスと向き合って便器がある。これも空色。西洋式にバス・トイレが一緒についているのだが、これはスペースの節約からであろう。鼻がつかえるような狭さ、洗い場もないくらいだが、私は大感激、だって夜中に起きて、ドアの外へよろよろとよろめいて出なくてもいいんだもの。

以前にいた女子アパートでは、トイレは廊下の突き当りにあった。女子ばかりなので、夜中も寝間着のまま行けるが、冬は寒くて、いちいちガウンを羽織らねばならず、（ああ、暖かい寝床からすぐ近くにトイレがあればなあ）というのが私の悲願だった。

お風呂《ふろ》は銭湯《ふろや》へいっていたが、この「若松温泉」というのが夜は十一時に終る、おそく帰るともう入れない、残業つづきの頃は悲惨であった（大阪ではふつうのお風呂屋サンに〇〇温泉、という名がつけてある）。

それでも私はその女子アパートのねぐらを出ようという気はなかった。どうせそのうち結婚するだろうし、そうなれば新居を二人で捜すだろうし、ここはお払い箱にするんだから、ときめていた。

ところがちっとも結婚しない。

しない、などとヒトゴトのようにいって楽しんでる場合ではあるまいが。

困ったもんだ。

できないのだ。

なぜか？　なぜだか分らない。

男がプロポーズしない。

私はそう不器量ではない上に、要領がわるいとも思わない。これぞと目をつけた男には、私、精一ぱいがんばったつもりだ。とてもダメ、高嶺《たかね》の花という男にも、レッツ・トライ、物はためしと挑戦してみた。ちょっと格落ちと思う男も一応は滑り止めにと思って、それなりの手当てもしておいた。

ところが男たちは私をパスして、私のあとにつづく、もっと若い子とか、もっと美人とか、金持娘とか、親の脛《すね》かじりをしているお嬢さんのほうへ、磁石に吸い寄せられるごとく吸われてゆく。

それは与志子もそうだ。

与志子は親の家にいるから、事態はもっと深刻なんだそうだ。二十五、六までは縁談もあったが、以後ばったりと途絶えたといっている。三十近くなると、ちらほら、

「子供さん二人あるんですけど、でもご本人はいいかたでしてねえ」

という後添《のちぞ》えのクチが来だした、といって憮然《ぶぜん》としている。与志子のお母さんは、娘の縁談がうまくまとまるよう、いまハヤリの「歓々観音《かんのん》」に凝りはじめたそうである。これは「カンカンさん」といって信徒数十万を擁《よう》すると噂《うわさ》される、ご利益《りやく》あらたかな宗教のよし、

「暗然たる雰囲気になってきた」

と与志子もヒトゴトのようにいっている。

この与志子とは短大以来の親友だが、こいつも内心はあせっているに違いないが、私といっしょで悪《あく》どいこともできず、男が「いうてくる」のを待ってるところは私と同じである。

私の父はもう亡くて、お袋は兄夫婦の家にいる。弟夫婦は東京におり、妹夫婦は京都

にいる。つまり四人兄妹の中で、私だけ独身である。私の母などはノンキだから、

「一人ぐらい、独身者《ひとりもん》がいてもええやろ」

なんてうそぶき、冗談じゃない、私だって相手ぐらい見つけますよ、と奮起していた。

しかし、私も与志子と共に二十五、六まではデートを申し込む男もひっきりなしだったが、だんだん男たちが年下になってきた。

新入社員に「お姉さま」といわれるようになってしまう。

私もカンカンまいりをしようかしら、などとつい考えてる自分を発見する。カンカンさんは、財宝富貴のほかに縁結びにも霊験あらたかだそうであった。

とうとう三十の声をきいて私はちょっと愕然《がくぜん》、方向転換した。こうなりゃ、「新居を二人で捜す」のはいつのことか分らない。

新居を一人で捜すことにした。

それに、人生の中身も検討を要することになる。私は与志子と、「とことん」という小料理屋で話し合った。与志子は私よりやや大きい会社に勤めているが、まあ条件は似たようなものである。

「老《ひ》ねたお嬢さん風になるか、男を知ったいい女風になるか、残された道は、二つに一つやな」

と与志子はいい、徳利の日本酒をお猪口《ちょこ》に、ちょび、とつぐ。私たちは手酌《てじゃく》でやり慣

れている。つぎ方にそれぞれの流儀があるので、互いにつぎあうような煩わしいことはしない。

私は蕗《ふき》と鯛《たい》の子のたき合せ、与志子はたけのことわかめのたき合せ、といった小鉢で飲んでいる。この「とことん」というのは小さい小料理屋で、中年夫婦が二人きりで小ぢんまりした店を出している。おじさんのほうは脱サラだそうである。どこかの会社の課長だか部長だかをやめて、好きだった料理の道に転身したおかげで、

「息子二人、私大へ、やっとやれまんねん」

といっていた。勤め人あがりにしては人あたりの練れた「商売ニン」である。私も与志子もこの「とことん」が好きで、電話で連絡しては「とことん」で会う。ちょっと高め、という勘定だが、店の表に掲げてある行燈《あんどん》の、

「季節おん料理」

という看板にそむかず、シュンのものが食べられるので楽しみである。

かつ、女の子の客が多い。それもやたら若いというか、バカ・ヤングというか、小便《しょんべん》くさいガキはいない。なぜか仕事もち、キャリア・ウーマン風なのが多い。

いつだか店にきた、「とことん」と同業ふうな男が、「とことん」の大将に小声で、

「うらやましいねえ、こんなに女のお客さんが多いなんて、ヨダレが出そうや。女のほうが今日《きょう》び、よろしデ。金払いええし、回転早いしな」

といっていた。男は金を払わず、長《なが》っ尻《ちり》なんだそうだ。

それはともかく、私はそこで与志子と、「老《ひ》ねたお嬢さん風になるのはいや」「ヒスらしいウーマンリブ風もやめよう」となると残る道は一つ、男を知ったいい女、これ風で、

「いこやないの」

ということになったのであった。しかし、人生の基本路線はそれとして、当然、そのときどきで臨機応変にいかねばならない、あるときは、

「老《ひ》ねたお嬢さん風」

でもよいし、あるときは、

「老《ひ》ねたいい女」

というのになり、相手の男によって組合せを変えるのも望ましい、という意見も検討された。しかし私も与志子も、二人でいろんな角度から検討はするが、中々実際には応用できないでいる。相手が出てくるまで応用はできないが、しかし「新居」は一人でも捜せるのだ。

それが与志子のほうはできない。与志子の両親は一人娘の与志子を一人暮しなどさせてくれる気遣いはないのだ。

私はそれからセッセと「自分の城」捜しをはじめた。これは「いい女」風への道でもあるのだ。

「バス・トイレがまずないとねえ、……男を泊めるわけにもいかんでしょうが」

と与志子にうそぶいてやったら、

「くそう」

と彼女はくやしそうだった。

「それからベッドを買いますね、いや、狭いのはあかん、ちゃんとダブルベッド」

「くそう。目ェ噛《か》んで鼻噛んで死ね」

とまた与志子はいった。しかし色白で、唇が小さくぽっちゃりした、どこかとぼけた童女顔の与志子がいうと、それはおかしい。

バス・トイレ・キッチン付き、などという住居は当然、家賃も高いのだが、それでも捜せばあるものである。私営マンションの一部屋が空いていた。そこだけ、相場よりやや安いのだ。いまの女子アパートより二つ先の駅から、更にバスで十分ばかり入る。それだけ通勤距離は遠くなるが、それはいいとして、角っこのその部屋はワンルームだが、五角形というへんなデカヒョカした造作だった。

まあ、それもいいが、五階建のこのマンション、エレベーターがないのだ。そしてその空き部屋は五階なのだ。かなりきつい。

まあ、それもよし。問題はそのあとだ。

端っこの部屋なので窓は二つあるが、その一つは通りをへだてて（といっても、路地のように細い通り）隣のビルがあって、手にとれるほど近くにその窓がある、そこは進学塾の一室で、粗末な机を並べて数十人の男の子や女の子が勉強している。窓を開け放っていると、向うも窓を開けてるものだから、筒《つつ》ぬけに声が聞える。なかに一人、きわめて口のわるい講師がいて、

「何でこれが分らへんねん、オマエら、アホじゃ、カスじゃ！　死ね！　とんま！」

などとどなったりするのもわかった。ここは閉めっぱなしである。しかも塾というのは夜もやっているので、うっかり窓は開けられない。

そういうくさぐさの悪条件のため、このデカヒョカしたワンルームは安かったらしい。でも私には掘出し物といってよい。この家賃なら、女子アパートよりちょっと奮発するだけですむ。権利金が不要なのもよい。敷金は財形貯蓄をおろして当てた。

一つだけ、どうしても買いたいものはベッドである。

それまでは押入れがあったので、毎日、蒲団《ふとん》を上げたり敷いたりしていた。今度のワンルームの床は安ものの絨毯《じゅうたん》が敷きつめてあるのだから、そうしようと思えばそれでもいいのだが、どうも「いい女」は蒲団を毎日敷くより、ベッドを愛用しているらしき世間の風潮である。

私はこの際、ベッドの購入を決意した。

与志子も一緒についていって選ぶ、という。ヘンな女だ。自分が寝るわけでもないべ

ッドを。

しかし彼女は「自立のきわまりを見届けたい」という。与志子は一人暮しをして自分のベッドを自分のカネで買うことに、あこがれを持っているようであった。

有名家具店のオーク材の彫刻つきベッドから、輸入家具店のアールデコ風の軽快なベッド、デパートのお徳用子供部屋ベッドというようなのやら、新婚さん嫁入道具用ベッドなどいろいろ見てまわり、ついに私は、私の住んでいる町の家具屋で、特別割引で、

「注文で作ったけれど、注文流れになって引き取り手がなくなったベッド」

というのをみつけた。彫刻はないが、オーク材でがっしりしており、幅はダブルではなく、セミダブルである。一人では広く、二人では狭いというところ、でもベッドの高さといい、幅といい、枕元《まくらもと》の台といい、私は大いに気に入り、それにきめることにした。私が買わなければ与志子が買うというのだ。そして中学のときから使ってる自分のベッドを私にゆずるというのだ。ついでに与志子は自分の部屋の模様替えをしてカーテンもかけかえ、自立する雰囲気だけでも味わいたい、なんていう。

「男を知ったいい女」が、中学生のお古のベッドなんかで寝ていられるか。与志子なんぞは逆立ちしたって一人暮しできないんだから、古ベッドでよいのだ。

「ダメよ。あたしがこれ買うんやから」

と私は冷たくいい、キャッシュで払った。

「第一、あんたの部屋にこれが入ると思う？　四畳半に押入れつぶして、ベッドの脚半分、つっこんでる状態やないのさ」

私は与志子の部屋をよく知ってるので、ズケズケといってやった。与志子は悔《くや》しそうであった。うらやましそうにオーク材のベッドの縁《ふち》を撫《な》で、

「あたしはまあ、結婚してからベッドを買うことにするわ。あんたは順序が反対やないの」

といい、負けずぎらいの女である。

何でもよい、私はやっとベッドを自分のものにした。家具屋は三日たって運んできた。あらかじめ寸法を測り、ベッドを置く場所をきめていたが、いざ据えてみると、何だかおちつき悪く、家具の置き場というものは寸法だけでは割り切れないものだと思った。私は、

「ちょっと待って」

と配達の人にいって、あちこちと置き換えてもらい、（ええかげんにしとくなはれ）といいたそうな、うんざりした顔にめげず、

「あ。こんどはこっちにつけてみて。その前にこの箪笥《たんす》、動かしてくれない？　ごめんなさい、でもやっぱり、こうしてみたいので、――すみません」

といって、結局、部屋中大移動になり、引っ越しを二度したくらいの手間になる。

でも私の思うに、世の中は、

（アタシ、こうしたいの！　こうさせてえ！　絶対、こうでなきゃいやなの、わかってえ！）

と叫んだほうがトクなのだ。ＯＬ生活、おんな生活を十年つづけてやっとわかった。

（どっちでもかまいません。ほんとはそうじゃなかったんだけど、ま、いいですわ）

なんていってたら、もう永久にダメ、世間はこっちの気を察してくれる、なんてことは全くないのである。

家具屋の配達の兄ちゃんも私の気魄《きはく》に押され、ああか、こうか、とベッドを動かし、

「あ、それでは足に朝日が当る」

「それじゃトイレに遠くなる」

「キッチンの煙がベッドへまともにくる。お魚の匂《にお》いがしみついたらどうしてくれんのよ」

などという私の文句に、「忍の一字」で耐えていた。ついにやっぱり、最初に「ここへベッドを置こう」と予定していたところがまだいちばんましだということになり、そこへ据えると、彼らは厄払いしたように蒼惶《そうこう》と帰っていった。五階まで重いのを担いであがったあげく、引っ越しの再演までさせられたのだから、もっともではあるが、私としては嬉しかった。

私はベッドをぽんぽんと叩《たた》いたり、どしんと跳《と》びはねたりしてみた。

ついでていねいに木の部分をから拭《ぶ》きし、蒲団やカバーを敷き、ベッドメーキングすると、部屋は見違えるように、いかにも、

「女の部屋」

になった。これで額縁というか、舞台というか、「いい女」風なお膳立はできたわけである。

シンプルでしかもがっちりした、見れば見るほど、いいベッドである。私はパステルカラーのベッドカバーを用いている。ピンクの地に、クリームと水色の飛沫《ひまつ》が斜めにかかったような柄である。これはコットンのきれを何メートルも買ってきて私が縫ったのだ。同じきれでカーテンも作るつもり。

こういうベッドへ、あまり粗末な男も招待できないわけである。

ベッドの思惑《おもわく》も恥ずかしい。

このベッドを注文した人はどんな人だろうとふと思ったりする。特注で入念に作ってある、と家具店の主人はいっていたが、なぜその注文を取り消したのであろうか。海外へ急にゆくことになったとか、嫁入道具に予定していたのに、にわかに破談になったとか、したのであろうか。主人もそこまでは知らぬようであった。

まわりまわって私の手に入って、ベッドは喜んでるのか、もしくは落胆してるのか。

マットもしっかりしていて、ふわふわではない。跳びはねてもギシギシときしんだりせず「入念に作ってある」というのはほんとかもしれない。このベッドは私のどんな人生をこれから見るのだろうか。

「入念なベッドには入念な情事を」

と私はこっそりいってみる。

2

日曜は、さすがに、平日なら昼夜やかましい学習塾もお休みである。だから、そっち側の窓も開け、レースのカーテンをきっちり引いておく。

そしてハダカで両手を振ってバスルームへいく。白いタイル地に空色のバス、湯気の中で香料入りの石鹸《せっけん》が匂う。のんびりと浸っていると、こんな極楽はないように思う。

私はいつも男がいたら——と無意識に考えるのがクセになっているが、しかし待てよ。ほんとにいいことばかりだろうかねえ。

こうやってゆっくり入ってるお風呂のドアを叩き、

（おい、トイレ使いたい。早《は》よ出え）

（メシまだか。早よ食わしてくれやあ）

なんていわれたらどうするのだ。私は、私の兄や弟を見て、男を類推する。香料石鹸の匂いが私は好きだが、男というものは無趣味である。

(臭《くさ》いな。こういうのは使うな。ただの石鹸でええ、匂いのないのはないのんか)

なんていわれたり、

(こら、ハダカで歩くな。亭主を何や、思《おも》とんねん。男をバカにしとんのか)

なんていうかもしれない。

意見に齟齬《そご》をきたして別の部屋へいこうとしてもワンルームの悲しさは、隠れるすべもない。

いろいろと湯にひたって考えてると、私はどうやら、男というのは、私の欲しいときに出て来てくれて、要《い》らないときはひっこんでいてくれる、出没自在の存在がいちばんいい、と思える。

結婚というのは常時、ずーっと一緒にいるとなると、たいそう不便である。といって、出没自在専門、となると心もとないような……。自分のところに出没自在だとすると、ヨソの女のところにも出没自在かもしれない。合資会社はいややなあ、と私はボディブラシを使いつつ、考えつづける。

バラの香りが匂い立ち、開け放したドアの向うから松田聖子のテープが聞える。何かをしながら聴くときは、聖子ちゃんの歌がいちばんんで、私はそれにきめている。

つまり結婚をして、ですね、と私はこんどはタオルにかえて、軀《からだ》じゅうごしごし、こする。……いや、それにしても、なんで私の太ももやおなかはこう白くて美しいのであろうか、まだまだイケルで、――と自信がでてきた。

何がイケルのか分らないが。

結婚しててもいい、しかし週末だけ会う、というのは如何《いかが》なものであろうか、週末だけ同棲《どうせい》、というのもかまわないが、それでは女のほうは何だかソンしてるような気もするし……。

手持ちぶさたな週末だけ会う夫であれば、何をいおうと心やさしく、きけるというものである。お互い、思いやりを示し合うこともできる。週日は手足をのばして暮らせるし、そうだ、それがよい。男の中にもそう思ってる連中がいるかもしれない。世の中は、(アタシ、こうしたいの！　こうさせてえ！)

と連呼したほうがいいのだから、せいぜいためしてみよう。

私はざあざあと石鹸を流し、もういちど空色のバスタブに身を沈める。それから出て洗濯にかかる。バスタブの湯が勿体《もったい》ないのと、ここの家賃と経費がたかすぎ、コインランドリーの小金も馬鹿《ばか》にならなくなってきたからである。――バラの香り入り石鹸から、急に、セコい話になってしまった。

洗濯をしていると電話が鳴っている。

私はピンクのバスローブをまとってベッド横のテーブルの電話に向う。うーん、ロマンチックだ。

お袋だった。なーんや。

今度、移ったのはどんなところか、近々、見にいく、というもの。ついでに、

「あんたが好きやから、頂きものの焼海苔《やきのり》一缶、食べないで隠してある。それも持っていくから。タマ代さんには内緒やデ」

タマ代というのは嫂《あによめ》である。いよいよ話はセコくなる。海苔缶一つや二つ、隠して持ってくるなんて夢のないことというな！　肉親の情に今さら泣く私だと思うのか、お袋にとって私はいまだに十八、九の短大生ぐらいにしか思えぬのであろうか、お袋なんか、ここへ来られたら「いい女」のためのベッドが泣いちゃう。

私は電話を切ったついでに、ぱっとハダカになり、ビキニパンティとブラジャーをつけた。柔らかいナイロンレースがふわふわしてるもので、しかもしっくり軀にフィットして、つけてるだけで嬉しくなるというもの。

三十すぎの「いい女」は下着に凝る、と本に書いてあった通りのことをやってみてる。いい下着をつけているときは、女はなぜか挑発的になるものである。

自信が出て大胆になるものである。

また電話である。与志子が再び何かいってきたのかと思ったら、

「和田サンですか」

と男の声。若い男のようだ。

「そうです」

「僕。わかるかな」

「…………」

「あかりサンでしょ」

と男はちょっと、とまどった声である。

「ハイ」

と私は男の声を、あれか、これか、考えていた。男は思わせぶりをするクセはないとみえて、ミもフタもなく、すぐ、

「僕、山村です。山村文夫《ふみお》」

「あっ。なーんや」
二、三年前、ちょっと「いたぶって」やった大学生である。

3

「なんでここの電話、知ってたの？」

と私はいった。

「いま、おウチへ電話して。お母さんかな、教えてくれはった」

「ふーん。大阪へいつ出てきたの？」

「大阪へ転勤になった、オレ！」

山村文夫は嬉しさで息も詰りそうな声でいう。

三流の私大で、成績もあんまりよくなかったのかして、中々就職がきまらず、それでも大阪に本社のある会社へやっとコネで入った。と思ったら、兵庫県と岡山県の県境にある支社へ廻され、泣いていたっけ。

大阪で生れ育って、それも学校と自分のウチと、バイト先と飲み屋と、その四つをぐるぐるまわってるだけ、という男だったから、大阪以外の土地は僻地《へきち》だと思いこんでいたのだ。そのころ皆で「ひかりは西へ」などとひやかしたり慰めたり、していたものだが……。

「ふーん。やっと大阪へ戻れたのか」

「生き返った気ィするワ。なつかして、なあ。一番先に和田サンに電話した」

「うそつけ。あちこちに連絡とった後でしょうが」

「これからするつもりやけど、とりあえずな。もしかして和田サン、もう結婚したかなあ、思《おも》てたけど、まだ一人なんやね。よかった！　まだ和田サン、いう名ァやな」

文夫は無邪気にいうが、私はむかっとする。

文夫はべつにひやかしているのではないが、ハイ・ミスは刺激に敏感なんである。

「さあ。一人かどうか、そんなことなんでわかるのよ」

私は鼻で嗤《わら》う。

「名前が変ってない、いうたかて、なんで一人と思うの？」

「えっ。そこに男、居《お》んのか」

文夫は急に声音がかわり、狼狽《ろうばい》する。

「どうかなあ」

私はにわかに機嫌よくなり、

「ともかく、ここは、あんたが知ってた、前の安アパートじゃないんだわサ」

「フーン」

「五階建マンションなんだ」

「ハア」

「バス・トイレ付き、ひねるとお湯出る、冷暖房完備という……」

「ほな、あの何てったっけ、風呂屋へ行かんでもすむんか、そうそう、若松温泉」

「誰が行くかいな、若松も老松も関係ないねん。――それはそれとして、あんた、何で若松温泉知ってんの？」

「何いうとんねん。僕と一緒に行ったやんか。冬の寒いときでなあ。僕、先に出て震い震い、アパートの前でかくれて待っとった。アパートに男入られへん、いうさかい、あんた帰るまで待たされた。冷え上って風邪《かぜ》ひいてしもた」

「そんなこと、あったっけ」

「よういうわ」

ダンダン、昔の感じがもどってくる。匂いのついたハンカチを、抽出《ひきだ》しの底へおさめているぶんには匂わないが、とり出して振ったり揉《も》んだり、たたんだりしてると匂い立つようなものである。

「な。あかりサン」

文夫は猫撫声《ねこなでごえ》になる。完全に私は昔の感覚をとりもどす。この男はあらたまると猫撫声になる。そして男があらたまるときって、きまってる。例のときである。

「今日、日曜やろ、どっかで会わへん？ ほんま、そこ、誰か居るのんか。ほな、あかんか？」

電話の盗聴を恐れるように小さな声になってる。猫撫声が小さくなるといっそう淫靡《いんび》である。しかし文夫は若いだけにそんなことを顧慮するヒマもなさそうであった。それも私に昔の雰囲気をもたらす。若い男はセッカチである。セッカチぶりがふと、なつかしくなるのであった。

「そやなあ。別にかめへんねんけど。いまノビノビした恰好《かっこう》してるよってなあ。これから服着て出る、いうのもなあ」

私は思わせぶりにいう。

「どんな恰好してるねん」

「当ててみ」

「くそ。もう」

文夫は楽しさのきわまったイライラ声になる。そうして一層声を小さくして、

「ハダカ」

私は笑う。

「ま、それに近い恰好やけど、窓あけてんねん」

「おいおい、外から見えまへんか、やたら挑発すんなよ」

「何いうてんねん、偉そうに。あたし、あんたの何でもないねんさかい、そんなこといわれる筋合ない。阿呆《あほ》かいな」

「ああ、嬉しなあ、もう。久しぶりにあかりサンのぽんぽんズケズケいうのん聞いて、やっと大阪へ帰った！　いう気ィするワ」

文夫はいまや有頂天、というような声である。

この男は「例の」コトの前は、いつも期待いっぱいで有頂天なのである。私に昔からそんな観察をされてるとも知らず、彼は自分の気分に正直である。

しかしそれは私には、いやではない。

私は、

(自分はこうしたいんだ！　こうさせてくれえ！　こうでなきゃいやなんだ、わかってくれえ！)

という人間が、男も女も好きなのだ。どっちでもいいわ、という人間がきらいになった。

だから文夫がひたすら、言外に叫びつづけている、

(ねえ、あかりサン、また、寝よやないか、以前《まえ》のつづきをはじめよやないか！)

という、じれじれ、イライラした声なき叫びが不快ではないのである。不快ではないが、それを聞き届けるかどうかは私の気持次第だ。

もう読んでしまった小説のページは、再びめくる気も起らない。文夫はそれとも知らず、

「なあ、会おうや、どこでもいくわ、僕」

「そやなあ。……」

と迷ってるふりをしたら、

「僕もちっとは変ったデ」

「ふーん」

「精《せい》のない返事やな。断然見違える、テ。試してみる？　いろいろ修行も積んで……」

「阿呆」

結局、会うことになってしまった。

4

会社の同僚《なかま》といく炉ばた焼「おいでやす」に文夫はバイトしていた。「おいでやす」は炭火をかんかんに熾《おこ》して、そこでいろんなものを炙《あぶ》ったり焼いたり、している。一方ではガスレンジに鉄板がしつらえられ、そこでもじゅうじゅうと何かいためつけられている。銅壺《どうこ》がたぎって熱燗《あつかん》が何本も漬けられているという、楽しいところである。

長いカウンターのまわりに席があり、うしろにもテーブル席はあるが、私はカウンター内の男の子たちがかいがいしく調理してるのを見るのが好きで、いつもその前に坐る。カウンター席がいっぱいだと、うしろが空いていても、

〈しょうむない。帰ろ帰ろ〉

といったりしていた。実際、炉ばた焼の店というのは、目の前で煙を出したり、炙られたりしているのを見るのと見ないのとでは、ずいぶん感じがちがう。見ているとおいしいものでも、見ないで皿だけ出てくるとまずく感じられたりして、面白いものである。

そこのカウンター内にはいつも、五、六人の男たちが働いている。大将は三十五、六の男で、あとはみな、ハタチ前後の学生アルバイトである。卒業一年前ぐらいになると

学業が忙しくなり、やめていくが、それまではわりに長く、平均二、三年は勤めているようだ。顔ぶれが変らないので自然に彼らの名前をおぼえてしまう。

会社の同僚といく、といっても、女の子ではない。若い女の子は女の子同士で、もっと違うところへいくらしい。それに女の子にはこの店の雰囲気は荒々しすぎるようであった。

私にはぴったし、なんであるが。

それで男の人といく。時には課長のお伴をしたりする。そこも女の子には行きにくい原因かもしれない。

会社は本町《ほんまち》にあるが、女の子たちはキタへ出たがり、私たちは同じお金なら一本二本は余分に飲めるという、安いミナミへいく。会社の男たちはみな、そういう。私も半分、男なみになってるのかもしれない。

その「おいでやす」の常連客である私は、歴代のバイトが入店したときから知っているので、ときどき、不慣れな新米バイトをからかったりする。

みな、わりに素性のいいというか、すれない普通の男の子が多くて（すれないから、ちゃんとバイトなどして稼いでるのかもしれない）応対も親切でよかった。大将のにらみも、ようく利いてるのかもしれない。

山村文夫は色白の青年で、まだニキビを出していた。「おいでやす」と衿《えり》に染めぬかれた、お揃《そろ》いの半てんを着、白い前垂《まえだれ》をしめてマゴマゴして働いている。いったいこの店はいつもよく繁昌《はんじょう》しており、店あけの五時半前から、人が開くのを待ってたむろしてるというようなところである。本式によそへ飲みにいく前にちょっと一杯、それから帰りにまた軽く、という客も多いので、十一時ごろ（宗右衛門町《そえもんちょう》のキャバレーやお茶屋のしまいごろ）また混むようだ。

いつも忙しい中で、新米バイトはマゴマゴしつつ働く。

私はそのマゴマゴ振りが面白いのである。

山村文夫は細くて背がたかく、黒縁の眼鏡をかけてるところは受験苦学生というふうだが、もう大学の二年生だそうである。

ここは「いらっしゃい」の代りに、大阪弁で、

「おいでやす！」

ということになっている。のれんをくぐり、戸をあけて入ってゆくと、大将はじめ店の者が声合せ、「おいでやす！」と迎える。それが名物の一つである。

山村文夫は、なかなかそれが口に出せない。

みな、はじめはそうであるが。

私はカウンター前の席を物色して、文夫の前の席に坐る。私はどの新米にも興味をもつのではなく、文夫にははじめから興味があるのであった。

マゴマゴ振りが可愛い。

〈『おいでやす』の声が小さいのんとちゃう？　あんた、もっと大きい声で言いなさい〉

なんていってやる。

〈は？〉

と訊《き》きかえすとき、文夫は眼鏡の奥の眼を自信なげにまん丸に見張り、口をO《オー》の字形に開ける。ポカンとしたように見え、

(阿呆《あほ》か、こいつ)

といいたくなる顔である。

〈もっと元気よう、『おいでやす！』いわんとあかんやないの〉

〈……ハイ〉

〈ちょっと、おしぼりは〉

〈ハ、ハイ〉

文夫はいそいで持ってくる。

〈ビール〉

〈ハ、ハイ……〉

私は壁に貼《は》った品書きを見て注文し、文夫はそれをメモに書きとめてゆく。それから

きまりの、突き出しやら何やらと持ってくるのであるが、ビールが出ても、
〈グラス!〉
と私が叫ばないと忘れているのである。そのあいだに向うの客がどんどん注文をいい出し、文夫は泣き出しそうな顔になる。店の若い衆に、
〈おい、焦げてるでえ〉
と注意されて、串《くし》の魚をあわてて引っくり返してると大将から、
〈山村くん。一番テーブル片付けてんか〉
と指図され、いよいよ、あたふた、オタオタしている。私は面白くってならない。私は会社でも手ばしかいベテランビジネスウーマンのつもりなので、こういう店で働くとしたら、きっと最初の二、三日はマゴマゴしても、すぐ順応できるという自信があるのだ。
　しかし山村文夫は二ヵ月たっても三ヵ月たってもマゴマゴしている。
そうして私の注文の冷奴《ひややつこ》とか、鯵《あじ》の塩焼ができて並べても、かんじんのものを忘れたりする。私は遠慮なく、
〈どないして食べるのん。手づかみせえ、いうのん〉
などといってやる。文夫はまだ気付かず、
〈は?〉

〈箸《はし》。お・は・し！〉

〈アッ。すんません〉

昼はおどろきのあまりOの字に開かれたままで、たよりなかったが、（柔らかそうな昼やな）と私は思った。試験だとかで学校の忙しいときはバイトを休む。なぜか文夫がいないと「おいでやす」も面白くない。しかしカウンター席へ坐ってから、

〈山村クン休み？　あ、そう〉

とまた起《た》って店を出る、ということもはしたないので、仕方なくがまんして食べたり飲んだり、していた。

ところがこの店は来やすいのか、休日のバイトたちが、今度は友人連れで客になってやってくる時もある。ガールフレンドを連れてきたりするのもいる。——それで文夫が、「おいでやす」の半てんを脱いで、セーターにジーンズなどという私服で、友人と店ののれんをくぐってやってくると、私は現金に嬉しくなった。

しかしそういうときは客で来ているのだから、私のほうも彼に向って、

〈ちょっと、ここ拭いててんか！〉

とか、

〈お・は・し！〉

などと客顔をするわけにはいかないのだ。

それでも彼は客がたてこんでくると、じっとしていられなくなると見えて、自分の注文は自分で運んだりしてうろうろしていた。私に向って〈今晩は〉という代りに〈おいでやす〉といったりした。

そのうち、やっと彼も店に馴《な》れて来、顔つきも追い追い引き緊まってきて、Oの字なりに口が開いたまま、ということもなくなった。

ときどきまだ、ビール壜《びん》だけ置いてグラスを出し忘れることがあるが、

〈グラスや！〉

というと、

〈あっ。すみません〉

の声が軽く出るようになった。「おいでやす」の挨拶《あいさつ》も苦もなくどなれるようになったらしく、その頃には炙ったり焼いたりの手つきも堂に入り、いっぱしの料理人らしくなってきた。

もっとも炉ばた焼は料理ともいえない。炙ったり焼いたりの火加減とタイミング一つで手のこんだのはみな、大将がやるのである。

しかし女の子がいなくて男ばっかりでやってる、というのは気分のいいものだった。喫茶店はともかく、たべもの屋に女の子がいるというのはどんなものだろう。

私には男手でととのえられるたべもののほうが美味《おい》しそうに思える。

もっとも、熟練したおかみさんは別。

小料理屋「とことん」なんかで、おかみさんが出してくれる小料理はすてきに美味しい。

ところで山村文夫をはじめて誘ったのは、「とことん」であった。

ある晩おそくに「おいでやす」へ行ったら文夫はいなくてお休み。それで手持ちぶさたに飲んでいたら、私服の文夫がはいって来て、ビールを一本飲み、〈電話を借ります〉といって低い声でしゃべっていた。

女の子としゃべってるのだろうか？

しばらくして、勘定を払って出ていったので、私も何くわぬ顔で〈お愛想〉といった。

店から三、四軒先の「ぬくぬく弁当」で、彼がサンプルのカラー写真を見つつ思案しているのをみつけた。

〈山村クン。そんなん帰って食べるのやったら、ゴハン奢《おご》ったげるわ。来ィひん？〉

といったら、唇がまたOの字なりに開き、

〈ほんまですか？……〉

と目を見はっていう。私の知ってるハイ・ミスたちは、若い男を誘うときはみな夕べモノや、といっている。若い坊サンを恋人にしてる子は、狐《きつね》うどん六杯だったといい、自衛隊員の恋人を持ってる子は、はじめ、〈ハンバーグ食べませんか〉と釣ったそうである。そこへくると私は「季節おん料理」だから、やや高尚である。私はその店で彼にいった。

〈恋人いてる？〉

〈いません〉

〈さっき電話かけてたやないの〉

〈あれ、男です〉

そのときは冬だったので、彼は手編みらしい太毛糸の、グレイのセーターを着ていた。私はそれをつまみあげて、

〈これ、女の子のプレゼントやろ、見たらわかる〉

とカマをかけたら、文夫は赤くなり、

〈わかりますか。去年のバレンタインデーにもらいました。でもそいつ、別に好きなん居《い》てて、当てつけに僕にこれ、くれたんです。そんで、あとでその男と仲直りしたもんやさかい、セーター返せ、いいよんねん〉

〈返したったらええやないの、そんなケチついたセーター〉

〈うん、僕もそない思《おも》たけど、そいつ、クリーニングしてから返せ、いいよんねん。クリーニング代出す、出せへんで揉めて……〉

〈セコい話やな〉

〈腹立ったから僕、ずっと着てますねん〉

それから女は残酷や、という話になった。

私はそんなことない、といった。私は尽くすつもりになったら、ほんまに尽くすよ、
といった。その女の子は知らんけど私は違うよ。

〈そうかな。このセーターの女の子だけやない、女は残酷や思う。世界残酷物語や。オタクかて……〉

〈あたし、和田サンかて、来るたびに僕をイビってた〉

〈べつにイビってたんやない、社会人の手ほどきしたげただけです〉

〈僕、和田サンの顔見たら怖かった、今日は何いうて叱《しか》られるかしらん、思《おも》て〉

あんたがOの字なりに唇あけて目を見ひらき、オドオドするから、何となく、チッチーと、チメチメしてやりたくなるのだ、と私は思ったがそれはいわないでおいた。見てると苛《いじ》めたくなるというのは、可愛《かわい》さの裏返しで、私はこの男に自分がそう思ってるとは知られたくなかったのである。

近まで見れば見るほど可愛かった。べつに男前というのではないが、ニキビの出てる色白のとこなんか、よかった。そのころからウソはつけない、ミもフタもなく正直なところがあって、私が煽《おだ》ててやると、高校生ごろからの恋愛から、洗いざらいしゃべって

しまう。

〈そんで、どこまでいったの、その子とは〉

〈もちろんCまでです〉

というのは、肉体関係のことである。

〈高校生のくせに生意気やな〉

〈あ、それは卒業式の晩ですから、厳密にいうたら、もう高校時代ちゃいます。おかげでアタマ、ボーとして入試に集中できませんでした……〉

〈それから、あとのは？〉

〈えーと。大学入って三ヵ月めです〉

〈それもCまでいったの〉

〈もちろんです。その子は僕の友達の彼女でしてん。それが……〉

5

おだてたら、何でも洗いざらいしゃべるクセはその頃から変っていない。

私と文夫はおでん屋で会った。日曜だから「とことん」はお休みである。

文夫は昔よりずっとがっちりした軀つきになっており、ニキビも出ていない。ほそい白のストライプのある、紺のスーツに、いかにも締めなれた、という風なベージュと赤のネクタイである。顔つきもきりっとしてきて、どこから見てもいっぱしのサラリーマンである。

ただ黒縁の眼鏡はかわっていない。それと、私を見て、(アッ)と言いそうな、みひらいた眼が嬉しそうに細くなるところ、顔中の紐《ひも》がほどけるところも昔のまま。

私は春らしい、花やかなブルーの地に、白い大きな水玉が飛んでるドレスを着ている。ポリエステル百パーセントだから、高価なものではないが、これ、家でじゃぶじゃぶ洗えるのがいい。色あせもしないし、私が着るとほっそりしてみえるのをよく知っている。

私は多くもない衣裳《いしょう》をシッカリ調べ、

(これは、文夫の知ってるドレスかどうか)

(以前《まえ》に着たこと、あったか)

などと考え、結局、一番最近に買ったドレスにした。

久しぶりに会う男に、(あ、昔と同じ服着てる)と思われたくない。男性はそんなことにあまり気を遣わないというが。

髪はショートだが、これは私のトレイドマークで、ずうっと変えない。

マニキュアはドレスに合せ、ピンクにした。

夜気が冷えてはいけないと、これも薄いピンクの麻のカーディガンジャケット。

そういう恰好で会ったら、

「やっぱり、キレイな和田サン」

と上から下まで文夫はながめていい、

「想像してると、どんどん想像の中でキレイになっていくんやなあ。けど実際に会《お》うたほうがもっともっとキレイなんにはおどろいた」

「あんた、口が巧《うも》うなったねえ」

「ダテに田舎へいっとったん、ちゃう」

「いろいろ修行したってほんと？」

「修行したっていうのか研修したっていうのか、期待しててや」

錫《すず》の盃で乾杯する。

このおでんや「たこ梅」は、おいしいがいつも満員で、屋台店のような雑駁《ざっぱく》さである。肘《ひじ》と肘をぶっつけ合って隣の客はしゃべっているが、さわがしいからかえって何をしゃべっても、よそへは聞えない。

「何を期待するねんな、アホ」

などといちゃついていても、表情と姿勢をちゃんとしてたら、ほかの客の迷惑にならない。しっかり食べて飲み、さて、バーへ行こか、ということになったが、日曜はミナミでも閉めているところが多いのだ。

「なあ、和田サン。そのう、冷暖房完備の五階建のマンションの部屋というのはどうなってるのか、いっぺん見たいもんですなあ」

と文夫はいった。

そういういい方に、昔にはなかった貫禄《かんろく》が出て来ている。

「あのう、一杯ちょっと、薄めの水割りをいただくっていう、このアイデアはどう」

「あんたあつかましィなったわねえ……」

「これも辛《つら》い修行のうちです」

酔ってくると、完全に昔の気分になり、

「しゃァないな。誰も男性入れへんねんけどな」と私はいい気持でいった。文夫はすぐ、

「誰にも一応、そういう……」

「そんなことないんやから」

一杯ぐらい、部屋で飲ませてもいい、という気がしたのは、私は文夫を昔からかるく見てるからである。見てろ、それだけで抛《ほう》り出すから。

地下鉄で梅田まで出よか、といってるあいだに文夫はタクシーを呼んでしまう。

「ガタガタ電車乗り継いでたら、すぐ気ィのかわる人やから。和田サンは」

と文夫はいい、気前よくタクシー代を払った。文夫に限らないが男というものは、寝る前は気前のいいものである。タクシー代だけではない、五階までの階段をえっちらおっちら登って、一向苦にしないのだから、えらいものである。

嬉々《きき》として登ってくる。期待に溢《あふ》れてるときは何だってする。

そうして私の部屋へ入るなりベッドを見つけ（ワンルームだから仕方ない）、

「うわ、寝ごこち、よさそう」

と腰をおろす。誰が寝させるものか、私は一杯だけふるまって追い出すつもりであるのだ。

6

「ちょっと！　ベッドなんかに腰おろさないでよ。蒲団がワヤになるやないのッ！」

と私は容赦なく文夫にいって、立たせる。

「ほらほら、ここにちゃんとテーブルと椅子《いす》があるんやから」

キッチンに私は文夫を連れていき、二脚しかない椅子に坐らせる。

「失礼よ、すぐベッドのトコへいくなんて。女性の部屋へあがりこんで真っ直にベッドへ走っていくなんてあさましいと思わへん？」

「思わへん」

といいつつ文夫は上衣《うわぎ》をぬぎ、椅子の背にかけて、

「そのほうが礼儀やと思う」

「へらず口を叩くようになったな、こいつ」

「口だけやあらへん、ほかにも長足の進歩を遂げたものがある。試してって」

「そこはもうわかったわよ」

私は薄い水割りをつくる。文夫は物珍しげに見渡し、

「しかし何となく女の子の部屋の雰囲気というのは変らんもんやね。前のアパートと何か似てる」

「似てないわよ、ぐっとハイセンスになってるはずよ。カーテンも壁紙も新しいのよ、この壁紙なんか一メートル幾らしたと思う?」

「悪いけど男はカーテンや壁紙なんか、どうでもええねん」

「じゃ何に興味あるのん?」

「あかりさんに。あかりさんだけ」

「ようういうわ」

あらためて乾杯する。

「あっちで、いい子出来た? 周りに」

「いい子も何も、女、居らへんのやもん。下宿のオバンと、そこの中学生の娘だけ」

「じゃどこで修行したの?」

「何を?」

「あんたが期待しててや、といったこと」

「だから何を期待してっていうのか、お互いに、一、二、三！　で言い合おやないか」

笑ってしまう。

ほんとに気取らないでいい男ってラクである。

「ああ嬉しいなあ、ほんまに僕、あかりさんとこうやって目の前で飲んでるんやなあ。夢みたいや。――いや、田舎にいててなあ、一人で焼酎《しょうちゅう》飲んでひっくりかえってるときに、あかりさんのことばっかり考えてた」

「ふふふ、どうだか」

「休みの日に姫路へ遊びにいくねん。得意先の接待は岡山やけどな。岡山のバーいうかクラブいうか、美人多いデ。東京や大阪の美人みな、岡山へ集っとんのか、思うくらい美人多かった」

「そこで修行したの？」

「僕らみたいな新入社員、相手にされるかいな。休みの日に遊びにいくのん姫路や。ここ凄《すご》いデ」

「凄いとこばっかりやな、あんたに言わしたら」

「いや、ここはピンクサロンいうのか、ミニキャバレーいうのか、そういう、たのしーいトコが多うてな、あかりさんへの思いをこういう店で晴らして、わずかに心を慰めておりました」

「ずいぶん有能なセンセイが多かったとみえるわね、よくそこまで舌がまわるもんだ。あんたの手ほどきはあたしがしてあげたんやけど、そんなにぺらぺら調子のいいサワリ文句は教えなかったわよ。あのころのあんたはボーとして可愛かったわ。オドオドして て、チメチメしてやりたくなるくらい可愛かった」

「僕の純情かえせ」

「あたしの情熱かえせ。こっちも新人養成の情熱に燃えてたんやから、あれであたしの情熱のパチンコのタマは出つくしたんやと思うわ」

二人で笑って涙が出るくらいおかしかった。

二人で笑える仲って、男女の仲のナカでは二重マルくらいにいいトコをいくんじゃないかしら。最低はモチロン、二人で泣く仲である。それよりはまだ二人で怒る（お互いに怒ることである。二人で心を合せて何かに怒るという共同事業ではないのだ）仲のほうがいい。二人で悲しんだり、二人で嘆いたりというのは頂けない。二人で死ぬのはこれは論外。そんな話をしたら、

「二人で寝る、というのは？」

文夫は話をそっちへもっていこう、いこうとする。

「二人で食べるの次ね」

と私は澄ましていう。

「すると、二人で笑える、がいちばんで、その次が食う、寝る、怒る、泣く、死ぬ、の順かな？」

「いいえ、いちばんすてきなのは、『二人で笑える』の上にあるヤツよ」

「何ですか」

「『二人で恋する』」

「ヘッ」

「あ、これ以上のもの、ないやない」

「恋、ねえ……。まだオレは、『二人で浮気する』の方が上や、思う」

「いいえ、それは『二人で結婚する』よりも下よ」

「順番なんか、どうでもええ。もう一杯、下さいよ。さっきの水割りは薄すぎた。ロックでほしい」

「ここはあんたのいく姫路のミニキャバレーやないのよ。あんたは、あたしのお招《よ》ばれにあずかってるんですから、文句いうことがあって？」

「へいへい」

といいながらも文夫は嬉しそうだった。氷をとりだしている私のうしろへまわってドレスの衿元からそろっと手をさしこんでくる。ぱちんと私はその手を叩いて、

「死ね、阿呆。『二人で死ぬ』は最低よ」

「そらそうや。一人でイク、一人でシヌ、これぐらいつまらんことない。僕にいわしたら、二人でイク、が最高。これ以上のもん、あるかッちゅうねん」

「何でそっちの話ばっかしすんのん」

「僕、女見たらそんなん考えてる。あかりさん見たら考えてる」

「まるで餓《かつ》えてるみたい」

「やっぱりわかりますか」

「ミエミエや」

私は楽しくはあるのだが、一面、漠然たる興ざめの気分もある。昔の文夫のうぶさとくらべ、あんまり女扱いが狎《な》れ狎《な》れしく滑脱《かつだつ》になってるのがいやである。

「あんたはあのころむっつりしてたわよ。そこがおぼこでよかった」

「むっつり助平」

「ちがうちがう、そんなんとちがうねん。ものすごく気は逸《はや》るのに、経験不充分でイライラして、マゴマゴして、そういう自分に自分で腹たててむっつりしてたの。何ともそこが可愛かった」

「うまいことやっとったんやな。今は？」

「今はだめ、むきつけでいやらしくなったわよ。そんな、目ェぎらぎらさせて摑《つか》みかかったって女は心動かされないもんです」

「部屋へ入れても」

「入れたって、寝てもいい、ということやないわ」

「しかし世間や男はそう思う」

「世間や男がどう思おうと知ったこっちゃないわ。女は女の理屈とやりかたがあるねんから」

私たちは二杯目のお酒を飲んでいる。

「で」

と文夫はやけくそになって、グラスをテーブルに置き、

「あかりさんはどんなつもりで呼んだんです」

「バカねえ。そこはかとなき詩情を楽しむためやないの、昔のことを思い出して」

「僕は強情のほうでねえ。何としても久しぶりにあかりさんと」

「そんなこというんなら窓から抛《ほう》り出すわよ。女は薄情なのよ」

「あ、無情なことをいう……」

げらげら笑っているうちに、はずみでどちらからともなくキスしてしまった。といっても軽く、儀礼的というよりはまあ、熱がこもっているが、といって粘《ねば》りついたものではない、はじめてのときはドキドキしているからしがみつく、という感じになるけれど。

ところが文夫のほうはそのため、よけい、イライラが募ったように身震いしていて、

「なんでダメなの？」

「その気にならないから」

「しかし昔はその気になった」

「昔は昔、今は今よ」

「今、アンネ？」

「阿呆、ちがうけど」

「畜生、昔のオレはうまくやってたのになあ」

「『愛してる』なんていうてたわよ」

「『愛してる』というたらええのんやったら何べんでもいうけど」

「昔は口先だけやなかったもの」

私は自分が食べたくなってきたので、冷蔵庫のドアを開けて、酒の肴《さかな》になるようなものはないかとのぞいた。そうして竹輪《ちくわ》を一本見つけたので、胡瓜《きゆうり》を切ってその穴へ詰め、斜めに切ったり、チーズを海苔で巻いたりしてガラスの皿に盛った。

「あ。なつかしいな、こういうやりかた。あかりさんは昔から、こういうことセンスあった」

文夫は眼を輝かせて叫ぶ。私は別のガラスの皿に、さっと洗って水切りしたレタスやパセリ、新キャベツの葉を手でちぎったものなど盛っていた。塩も何もかけない。これは文夫が、若い男に似ず生野菜好きだったのを思い出したからである。文夫はしばらく生野菜を食べないでいると、道ばたの草でも引っこ抜いて食べたくなるといっていた。

「親切やな。こういう気の利くとこ、あかりさんだけや。いやほんま、あんたはやさしい。愛してます」

「昔は『結婚して』ともいったわよ」

「いうたけど、鼻であしらわれた」

「あれは嬉しくて鼻を鳴らしてたんだ」

「えーいもう。三杯目といくか。これ薄いから酒飲んでる気ィせえへん」

「昔はお酒も弱かったわよ、あんた」

お酒はたしかに強くなってるようである。

私のハイ・ミスの友人たちは、若い男の子を釣るときは食べもので釣るといったが、そのあといろいろ条件があり、①お酒を出すこと、②夜であること、③親・血族のイキのかからぬ場所、などあるという。

「あかりさんの友達って、みな若い男の子、可愛がってんのか」

「でもないけど、ボーイフレンドは各種そろえとく、って人もいるから……」

自衛官を恋人にしてる城崎《きのさき》マドカは師団の何十周年記念かのお祭によんでもらって、シッカリおいしいお弁当をたべ、宝塚スターの歌も聞いたという（もっともこの師団ではそのお祭に、はしゃぎすぎて見学の小学生に銃の撃ち方を教え、あとで学校の先生の組合や、一部の母親にみっしり文句をいわれていた)。あれも、陸自の子を知ってると、今度は海自やら空自やら、いろいろ取りそろえたくなるそうである。

坊サンを恋人にしてる子に、私は、

〈あんたんとこの彼、浄土真宗《じょうどしんしゅう》なら、こんどは禅宗とか日蓮宗《にちれんしゅう》とかと、そろえたくなるんやない?〉

と冗談をいったら、

〈いや、それはない。あたしはいまんとこ、彼ひとりでええわ。もっとも結婚するかどうかはわからへん。彼、丹波《たんば》の山奥のお寺の跡とりでしょ。結婚したらそんなとこへ籠《こも》って村の人の相手して一生送らんならん。そんなん、切ないやないの〉

といった。その若原雅子《まきこ》は商社OLであるが、カルチャーセンターで、ある名高い高僧の講話を聞いたとき、そのお付きの、そのまたお付きで来ていた下っぱの坊さんを見染め、果敢に言い寄って、〈おうどんでも食べません?〉と誘ったら、坊さんは合掌《がっしょう》して喜んでついてきたそう。私たちの仲間では、安珍清姫《あんちんきよひめ》をもじって彼のことを、

「うどん安珍」

と呼んでいる。うどん安珍はそんなニックネームが自分についているとは知らず、雅子が連絡すると、合掌して嬉々とやってくるそうである。

雅子によれば、いま女の子の間では静かなる「坊さん」ブームなんだという。私はミナミの、「テリトリー」という飲み屋で雅子と知り合ったので、彼女のことをくわしくは知らないが、その飲み屋は働いている女の子がよく来る店なので、いろんなタイプの女と知り合いになれて面白い。雅子はいかにも上品そうな面輪《おもわ》の、しぐさの美しいハイ・ミスだが、そしてうわべはいかにもしとやかで控え目だが、どうしてどうして闊達《かったつ》で陽気で活気と挑戦心に富み、冒険好き。私は彼女が好きである。

私より年上、らしく思われる。かっちりしたスーツなどきりっと着けて、形のいい脚、男ものの腕時計などして、何も飾らない野暮なほどのシンプルなよそおい、それでいて、私は見たことがあるのだが、ブラウスの衿元すれすれに、プラチナチェーンで下げられたハート形ダイヤモンドの、ごく小さな粒がキラッと光るのをつけたりしていて心憎い。

そしてお酒が強いの何のって。

そういう女の恋人が、丹波のさる大きいお寺の坊さん、「うどん安珍」なのである。

その雅子に言わせると、

〈あんた、奈良のお水取りなんか行ってごらんよ。ものすごいしィ。大体、あれは三月十二日にお詣《まい》りするもんや、思《おも》てたけど、この頃は二月末から女の子で一ぱいやしィ。お水取りに参籠《さんろう》しはる練行衆《れんぎょうしゅう》の若い坊さんらが目当てやねん。あの人らはきびしい修行しはるさかい、顔付きも引き緊まって、ええねん。女の子ら、宿所の中へははいられへんけど、この練行衆の坊さんらを見にいったり、知り合いになったら差し入れしたりして熱上げてやるねんよ、驚くわ。——でもちょっと無理ないトコあるなあ。ステキな坊さん多いもん。

三月にはいったらこの坊さんらが本堂の内陣で籠らはるでしょ。大松明《おおたいまつ》を先に立てて、寒い寒い夜の中を内陣へ上らはるねん。女は格子のそとの局《つぼね》からしか見られへんねんよ。お坊さんらは走ったり起ったり、声明《しょうみょう》したり、そらものすごいエネルギーや。五体投地《ごたいとうち》なんてバーンバーン、いうてすごい音よ。檜《ひのき》の板に体をうちつけて体を投げはるねん。それがしびれる、いうて、『五体投地ファン』の子ォ居てるしィ。そら男らしいわ。女の子、練行衆にむらがるのん無理ないと思う。禅寺より東大寺や、いう子ォ、多いねんよ〉

ということである。世の中にはいろいろと趣味も多いものである。

7

「そうかァ。僕もそんな風に趣味の一つにされてるのか」

何だか私も文夫も酔ってきた。おしゃべりに酔ったという点もあるかもしれない。

「ちがうわよ、趣味やないけど、でも昔のあんたはよかったわ」

「どこが」

「痩《や》せてたし。第一」

「今かて、そう違《ちご》てない」

「そんなにあつかましく、なかった」

私は、おなかを空かした文夫を「とことん」で食べさせ、そのときはそのまま帰した。それ以来「おいでやす」へいくと、文夫は私に特別に心をつけて、キビキビと注文に応じてくれる。「おいでやす」で応対するときは「和田サン」とはいわないが、もう私の顔と名はむすびついた感じであった。

日曜に彼はバイトの休みをとり（「おいでやす」は日曜もやっている）、私と映画を観ることになった。これが何というのか陰気な映画で、映画館の入りも悪く、ふと気付くと文夫は居眠りしていた。

〈出よか？〉

といって出てしまった。映画の紹介を読んだときはロマンチックに思えたので、二人で観てるうちにロマンチックな気分になれるかなあ、と期待していたのであるが、洋画にしては湿っぽくて冴《さ》えず、それに演《で》ている男の顔が私の好みに合わなかった。衿巻《えりまき》トカゲが直立したような顔であるのだ。ようあんな顔でおかね取るワ、とあほらしかった。芸の力以前の問題である。

〈パーと景気直しにいこ、いこ〉

といったら文夫もうなずいて、

〈いうたら悪い思《おも》てがまんしてましてんけど、退屈でしたワ。僕、純愛もん、あきませんねん〉

〈ほな、なんでついてきたん?〉

〈和田サンの好きなもんやったら、つきあいで辛抱しよ、思《おも》て〉

〈ちゃうちゃう。あんな辛気《しんき》くさいのんキライや。あたしはもっとぱかぱかと明るうて、それでいてロマンチックなん好きや〉

それで「口直し」にミナミへ出て、「昔ながらのいづもや」でうなぎを食べた。「いづもや」のうなぎはあちこちにあるが、「昔ながらの」とつくところがいちばん美味しいのである。戎橋《えびすばし》たもとの店で、私がすすめる、白木のせいろに入った「せいろまむし」を、山村クンはむさぼり食べた。まむしは大阪では、うなぎのことである。

〈この前の『とことん』もおいしかったけど、この店もおいしい〉

と彼はためいきをつくようにいい、それも可愛いのであった。山村クンは親の家にいるのだが、まだ学生の分際だから、そうそう、おいしいものにはありつけないとみえる。

〈今度は西洋料理にしようよ。お箸で食べるフランス料理の店があるからね〉

といったら、

〈フランス料理を箸で食べるの? ダサイなあ〉

〈あ、何いうてんのよ。それこそ、最高のセンスやないの。それがシックなんよ、ずっとそのほうが現代感覚や〉

などと教えてやったりした。教えてやることがまた多いのである。箸といえば、お箸の持ち方も教えないといけなかった。鉛筆にぎりと人の呼ぶにぎり方で、

〈あ、だめだめ。二本のお箸のあいだに中指を入れないとだめ〉

〈こう?〉

〈そう。あんた、今まで誰にもそんなこといわれなかった?　へんよ、そんなの。中指を動かすの、お箸は。慣れるとすぐできるから……〉

とか、

〈ちょっと。山村クン、舌を鳴らして食べるんじゃないの〉

とかいわないといけない。山村クンのそれは盛大に鳴らしているのではないが、微《かす》かに耳にさわる。

〈いま直しとかないと、いいお嫁サン来ないよ〉

〈和田サン来てくれるのやなかった?〉

〈舌を鳴らして食べなくなれば考えたげる〉

それから、世間でいう「犬食い」、あたまをうつぶせ、顔を皿にかぶせるようにしてかがみこんで食べるやりかたも、私がやかましくいって直した。全く若い男の子のマナ

ーはなっていない。母親は何をしているのだか、息子にエサさえ与えればいい、という気らしい。だから日本の男の行儀作法が悪いといったって、まわりまわって女が悪いのである。日本の男が、車内でも社内でも町なかでも、要するに公衆の面前で「カッ！」「ゴッホン。ゴホゴホ。ゴッホーン！」「チッチー」――これは歯をせせる音である――とやって恥じないのは、もっぱら、羞恥心《しゅうちしん》過敏な若い時代に、ちゃんと指摘して教えこむ者がいなかったからだ。

きちんと爪を剪《き》ること。食後、うがいをするか歯を磨くこと。お風呂へ必ず、はいること。若い男はシャワー好きで、シャワーを使えばいいように思っているが、お湯に漬って垢《あか》をほとびさせ洗い流すというのは、湿った日本ではとても大切なこと。

「新人養成の情熱」と私がいう所以《ゆえん》である。なまなかな情熱ではできないわよ。

もっとも私もたのしんでやっていた気味がある。

山村文夫は気のいい男で、私が、〈こうしなさい〉というと、その通りにしようと心を砕くところがあった。食べていて、

〈ほれ、また、舌鳴らす！〉

と叱咤《しった》すると、あわてて口を閉ざす、というところがある。

そういう可愛げがあればこそ、私も古びた女子アパートにも連れてきたのだ。

「昔ながらのいづもや」で「せいろまむし」を奢って、それから「テリトリー」へ連れ

ていった。顔見知りの子はいたけど、私は山村クンを見せびらかすつもりではないので、紹介なんか、しなかった。

もうキャリア・ウーマンという言葉が目につき出したころで、山村クンが珍しそうに、

〈ここ、キャリア・ウーマンみたいな人が多いですね〉

といい、どこかで会ったアメリカ人にアメリカのキャリア・ウーマンは云々《うんぬん》、という話をしてたら、〈運ぶ女、って何を運ぶんですか〉とアメリカ人はふしんそうにいい、恥かいてなあ、などという話をしていて、それも可愛らしい。

「テリトリー」を出ると雨が降っていた。次の店をさがすのもおっくうであった。

〈さて、と〉

と私が思案していると、山村クンは、

〈もっと和田サンと居てたい〉

というではないか。私が黙っているのを不承知と思ったらしく、腕時計を見て、

〈あと三十分でええから〉

というのである。それも可愛い。

〈三十分でええのか、欲《よく》ないな、そんならやめや、三十分では何もでけへん〉

〈何って何〉

〈何は何ですよ、そんなもん〉

何となく、古びた女子アパートへ二人で帰ってしまう。駅を降りて、もう遅いので人通りがなかったから、どちらからともなく指を握り合う。山村クンの指はバンドエイドだらけだった。

〈火傷《やけど》や切り傷、店でいっぱいやって〉

なんていう。私の部屋が珍しいのか、

〈ようもこんなにコマゴマ、物を飾りたててるもんやね〉

と見廻して感心する。その頃は私はまだ二十六、七だから結婚近しという感じで、フランス人形だの、ヌイグルミだの、新婚家庭に移行しても即、ぴったしというような、浮かれきったシロモノを派手に飾り立てていた。だから山村クンが感心したのも無理はないのだが、半分は自分の照れ臭さをかくすためらしく、私が坐ると、体をかたくしてしまう。

畳の部屋だったので私は山村クンにくっついて坐った。すると彼は、やにわに私の肩を抱きよせてくる。物もいわない。

〈もっとソフトにしてよ〉

といったら、彼はかすれ声で、

〈オレなあ、和田サン好きやってん〉

〈おやおや〉

〈すぐ茶化《ちゃか》すんやから〉

〈待ってよ〉

と私がいったのは、ガチガチと歯を鳴らして私を圧《おさ》えこみ、畳に私を押しつけようと手荒にするからである。

〈へたくそッ〉

と突きとばしてやったら、

〈ようし〉

なんて、手に唾《つば》する感じでいきりたち、余裕もくそもないのであった。声もかすれ、赤眼吊《あかめつ》っていて、それは欲情に眼がくらんでるという感じである。またそこが、うぶな感じでもある。しかしそれはオドオドの裏返しで、私が、

〈ナメないでよッ！〉

と凛然《りんぜん》としていったら、とたんに肩を落し、

〈すんません〉

としょげてしまった。

8

〈ナメないでよッ！〉

といったって、私もそんな、シッカリした見識があるわけではなく、チメチメしたいくらい可愛い山村クンを「けらい」にして、いろんなことを仕込むのが面白かっただけである。それに仕込む、といったって、実をいうと私は口ほどにもなく経験が多くないから、手をとって、――というわけにはまいらない。

何たってそのころは二十六、七でしょ。

もちろん未経験とはいわない。しかし私の相手はいつも経験豊富なヤツばかりであった。

私はじっとしてるだけでよかったのである。

じっとしてるだけで、

〈そうそう、ええ子やなあ〉

といってもらえるのだ。そして私は相手のシタタカに釣られ、まるで自分もシタタカであるような気がしてただけである。それは山村クンみたいにまるで未経験、というような男を相手にしてみて、はじめてわかったのであった。

〈違《ちゃ》う、違う、そこと違う！〉

といったって山村クンに分る道理はなく、

〈ンもう！　すかたん！〉

と罵《ののし》る私のほうがワルイのである。山村クンは私の怒罵《どば》に動転してますます逆上《のぼ》せる

ばかり、しまいに泣きじゃくりながら、

〈そない、ボロクソに言わんと、僕知らんねンさかい、ちゃんと教《おせ》たれやア……〉

といった。私は吹き出してしまった。そして山村クンがとても可愛かった。この、「教《おせ》たれや」もおかしかった。大阪弁のクセだが、「教えてやれ」とヒトごとのように自分のことをいい、「教えてくれ」とはいわないのである。教えてやれ、とヒトのことを頼んでやるようにいうのが、こういう場合はよけいおかしくひびく。

〈あたしは教育係ちゃう。あんた、個人教授してもらお思《おも》て、あたしについてきたん？〉

といって私はまだ山村クンをからかっていた。

〈ちゃう、僕、和田サン好きやねン。愛してるねン〉

せっぱつまった山村クンは自分でも何をいってるか、わからないみたい。

〈け、結婚する。そやさかい、なあ、ええやろ、教《おせ》たれや〉

〈あたしははじめていうような子ォきらいや。どっかで練習してベテランになって来て〉

〈どこへいけッちゅうねン〉

〈知らんがな、そんなこと〉

〈しぶちん（けちんぼ）。教《おせ》たってええやないか〉

〈あんた男やろ、いちいち手ェ取ってやってもらわなあかんのんか、過保護もええトコや。誰でもみな自分で開拓するのや。がんばりよし〉

実際、私は口舌の徒《と》であるのだ。

この期《ご》に及んでも私は「老《ひ》ねたお嬢さん」であった。二十六、七になって羞《は》ずかしいのである。今までみたいに、〈ちょっと目ェ瞑《つぶ》っててごらん。そうそう……ああええ子や、ええ軀してる。きれいやなあ。あのなあ、このきれいな脚、ちょっと曲げてみて。そうそうええ子ォやなあ……〉なんていわれながら、いつのまにかスルリと型にはまってるという、そういうのだったら安心なのに。

（その口マメな男は、会社の取引先の、角谷《すみたに》というオッサンで、ムクムクした大男であったが、大阪の商売人らしく、実によくしゃべり口マメで、しかも気がよくついて優しいので女の子にもて、べつに美男でも金持でもないのに、女の子がいつもまわりに群《むら》がっていた。私ははじめそれを知らなくて、私一人かと思ったから仲よくなったのであるが、私がほだされたように、ホカの女も多くほだされてるのだと気付き、つきあうのをやめてしまった。しかしそれにしてもあのオッサンは、大阪人のよくいう、「乞食の虱《しらみ》」というヤツであった。「口で殺す」という駄じゃれである。まずあの口数で女をまきこんで何が何やら分らずいい心地にさせてしまい、オッサンのいう通りにしようという気にならせてしまい、催眠術にかかったみたいにおとなしくさせてしまう。それでい

てあと味よく、機嫌よくさせるという、へんなヤツであった）

それも技術であるなら、あのオッサンはベテラン級である。

私はとてもそこまで口が廻らない上に、ほんというと知識もないのだ。場数もふんでないし、数もこなしてない。私は男に〈そうそう、あんた軀、柔《やら》こいねえ、よう撓《しな》うこと。……ほんならこうしてみよか〉などとリードされるのが好きで、私のほうから、〈キミ、軀硬いねえ。そうそう、うまいうまい〉などといいたくないのだ。そこまで経験を積んでないというより、私にはまだそんな、

「器量がない」

というのがふさわしい。

人間の器量は、何も高僧の胆力やら悟りやら、天下取りをめざす政治家のためにいう言葉ではない。ベッドの上で相手をリードするときにも、それだけの器量が要《い》るのだ。

リードするのを羞ずかしがってるようでは器量があるとはとてもいえない。私は器量のない自分に我ながらじれじれし、てれくさいのをかくすためにぽんぽんと山村クンに当ってるのであるが、彼にしてみると、私がみんなよくわかってて焦《じ》らしていると思ったらしい。

〈なんでそんな、意地悪いうねン、くそ。もッ！〉

とむしゃぶりついて来たので、

〈ちょっと、ちょっと、待って。ジーパン脱がしたげる〉

と私は手を添えた。山村クンは上半身だけハダカであった。私はワンピースを脱ぎ、ベージュ色のスリップ一枚の恰好になった。山村クンは私をねめつけていたが、体を投げかけるが早いか、噴射してしまう。

〈ちょっとッ、何やのさ、零《こぼ》したりして。汚してどないしてくれるのん、いやア、もうようぃわんわ、この子！〉

とどなってやったら、山村クンはべそをかいて情けなさそうに、

〈何もそない、えげつ無《の》う怒らんかて、ええやないか。こんな時は、優しィになぐさめたれやァ〉

というので、またも私は（それもそうだ）と思い、吹き出したのであった。

9

「いや、とにかくあんたは、すげなかった……」

と、いま山村文夫はいうのである。

「童貞の男の子につれなかった。むごかった、というてもいいス」

何をいうとんねん。私も処女に近く、半処女だったたから、練達した指導ができるはずはないでしょ。

しかしあれからあと、山村クンはハッスルしたとみえ、二度目にそういう機会をもったときはやけに自信たっぷりだった。もう泣きじゃくったりせず、ロマメな角谷のオッサンほどではなかったが、自分の思うように私を動かそうと、指図さえした。しかし物慣れない悲しさ、私が、

〈いやッ。あかん〉

というとたちまちビビって、

〈ハイ〉

という声が自然に出てくるのである。角谷のオッサンはそういうときでも図々しく、

〈まあまあ〉

とか、

〈ではありましょうが、ひとまずここは、ワタシの顔立ててチョーダイ〉

といったりして、老獪《ろうかい》なることこの上ないのであった。それはまだ山村クンにはできないから、ああせいこうせいといいつつ、私がつむじを曲げるとビクビクして、〈ハイ〉というのであった。

それでも、いつの間にか、私と山村クンはしっくり、いくようになっていた。時々、山村クンは、私が、

〈へたやなア、あんた〉

というと、

〈誰に比べて？〉

と皮肉をいうぐらい成長した。

時によると、

〈あのな、こない、してみィひん？〉

とニュースタイルを私に教えるくらいになった。

〈誰に教えてもろたの。友達の女子大生か〉

〈僕のオリジナルや。日夜こうみえても研究しとんねん〉

〈そっちの勉強もええけど、学校も適当にちゃんとしときなさいよ。そっちには卒業はないけど、学校は時期がきたら卒業せんならんのやから〉

〈ほらほらまた、先輩ぶっちゃって。何や、あかりさん、いつも偉そうに僕にいうけど、ベッドのことは、ほんまに「乞食のお粥《かゆ》」やねんから〉

そのころにはもう、私が口舌の徒《と》であることを見抜かれていた。「乞食のお粥」というのは、

「いうだけ（湯ゥだけ）」

の大阪弁の駄じゃれである。それに私のことは「和田サン」から「あかりさん」になり、私の部屋に泊って、そこから翌朝は大学へ行ったりした。親には合宿とかコンパと

か徹夜麻雀《マージャン》とか、いろんなことをいっていたらしい。

二人で「若松温泉」にいき、山村クンはアパートの前で私の帰りを待って風邪をひいたというのもその頃であろう。たしかにひと頃は二人ともしっくりいってたけど、山村クンが卒業して、遠くへ就職してから、私はもう山村クンのことを思い出しもしなかった。あれはもう、手札《てふだ》でも場札でもなく、流されたカスの札である。

「しかしまた、切って場札になることもある」

といまの山村文夫はなおも食いさがってる。

「敗者復活戦」

そういえば、山村クンが任地へいって半年ほどして、夜、電話がかかってきたことがある。

〈いま何してる?〉

〈何してたらええの?〉

というのである。

〈僕のこと思い出せへんか〉

〈食前食後に思い出すわ〉

〈僕は食間にあかりさんのこと思い出すな。——ねえ、こっちへいっぺん来ィひんか〉

〈何しに〉

〈僕にはあかりさんがクスリや。クスリ中毒になってな。なかったら生きていかれへん。——このへん案内するわ。オモロイとこもあるし……。あかりさん〉

〈なに〉

〈愛してるデ〉

なんていってた。でも私は行かなかった。彼も便りもよこさない。そのうち、男と女の仲、というほど大げさなものではないが、おのずと間をつなぐ糸は切れてしまい、その端はふわふわと風にただよっていたが、いつとはなく、どこかへ飛んでいってしまう。お互いに目の前の生活に気をとられる。そして私は、「三十」の大台に乗って、愕然《がくぜん》凝然《ぎょうぜん》、ちぎれた糸の端なんかにかかずらわっていられなくなったのである。

「糸がやっと結べた。いまになって」

なんて山村文夫はいう。

昔にくらべて図々しいなあ、と思うのは、そんなことをいいつつ粘りに粘って、いっかな腰を上げたりしないことである。

自分で勝手に酒をついで、

「このへん、酒屋ありますか」

「あるわよ」

「僕、買《こ》うてくるから、これ、飲んでもええかなあ」

根負《こんま》けしてしまう。文夫はひとりで飲み、

「で、もういちど聞くけど、なんでその気にならへんものを部屋へ入れるのん？」

「なんで、その気にならな、あかんのん？　こうやって昔の思い出を語りながら久しぶりで盃《さかずき》を傾けてるなんて、ええもんやない？」

「それはええけど、そういうのは七十、八十になってやろうや。ゲートボールの合間に、帽子やかぶってる手拭《てぬぐ》いとって、酒飲んでそんなことというのはよろしい。――しかし現在ただいまは、僕はまだ若《わこ》うてぴんぴんしてる、思い出を語るだけでは充《み》たされまへん」

「あたしは充たされてる」

「男と女は違《ちゃ》う」

「あたしの知ったことかいな」

「やっぱり、誰か居《い》てるねんな。それでそんなに頑固やねんな」

「誰も居《お》らへん。居らへんさかい、あんたとまた、昔みたいになるのん、いややねん」

「居らへんのやったら、昔みたいになってもええやん」

完全に話が食い違う。ハッキリいわねば。

「ねえ、山村クン。あんたとどうこうしたってもう、展望がないのよ」

「展望て、何ですか」

「わからんかなあ、結婚もでけへんのに、ゴチャゴチャしとうないねん」

「結婚」

山村文夫は咽喉《のど》がヒキツケたような声を出す。

「そんな心配、要りませんよ、僕、その気ィないよって」

「阿呆、あたしは結婚したいねん」

「僕と？」

と山村文夫は拇指《おやゆび》で自分の胸をさす。

「ちゃうちゃう、誰かと結婚するつもり。そやからもう、あんたとややこしィなりとうないねん」

「ほんならなんで機嫌よう、僕と酒飲むねん。家へ連れていくねん。その気もないのに」

「そやからいうてるでしょッ！　気分がよかったから、おしゃべりを楽しくするためよッ！」

「おしゃべりだけでは、男は保《も》ちまへんよ」

「あら、外国の男はみな会話を楽しんで、それで気分のええ時間を演出する、いうやないの」

「外国の男なんか知らん、それに日本も外国も、男は男や、男ならみな同《おんな》じや、思うな。

久しぶりに会《お》うた、昔はええ仲の二人。ね、何もケンカ別れした仲やない、それがまたパックリ会うた」

「パックリはおかしい」

「ポックリ」

「ポックリは死ぬときやないの、バッタリ」

「あ、そうか――教えたがり精神はいまだに健在やな――バッタリ会《お》うて、昔のなつかしさ恋しさがむらむらとこみ上げる。そのときに寝たらあかん、という法律はない」

「ある。あたしの法律はそこで、寝んと、清いおつきあいのままに、とどめる、ということや」

「清いも汚いもあるか、そんなら寝るのは汚いのんか。何ぬかしとんねん」

少し、山村文夫は荒れてきた。

「何が結婚じゃ。そんなんどうでもええやんか、そら話の次元がちゃう。あかりさん、もっと素直にならんかい。自分かて、寝たい思《おも》てるくせに」

「何をッ。ヒトの考えがなんで分るねん。あんたら若僧に」

「おお、若僧でどないした。オバンめ」

「オバンくどくのはどこのどいつやのん」

「あほんだら、男を引っぱりこんだのはどっちじゃ。何ぬかしてけつかるねん」

私は平手でテーブルを叩き、負けずに言い返してやろうと思ったが、ネクタイも引きむしり、目を血走らせて全身で拗《す》ねてる文夫を見ると、ヘナヘナと気が萎《な》え、

「ねえ、ちょっと。なんでこんな言い合いせんならんのん。あたしとあんたは仲よしやったのに……」

となさけなく、なってくるのであった。

文夫もハッとしたように身をちぢめて、

「すんません。なんでこんなことになったんかなあ。いう気ィなかったのに。気ィ荒れとるんや。あかりさんのせいやデ」

「なんであたしが悪いのん」

「わかってるくせに。こんなん蛇の生殺しというのですよ。こいつはタタリまっせ」

「タタリじゃー」

と私はごまかしてやる。

「あんた、明日会社でしょ、もうおそいわよ、早く帰ったら?」

「汗、かいた。シャワー使わしてくれへん?」

「ダメよ。そんなことしてると、また、その気になった——と居直って遅うなるんやから」

「なんで悪いねん、その気になって。それこそ、自然やないか、男と女の」

やっぱり大阪男である。この山村文夫も、いつのまにか角谷のオッサンみたいに弁舌がたつようになっている。しかし私とちがうところは、口舌の徒ではなく、手をのばしてくることである。

「シャワー浴びてすっきりしたら、童貞にかえるんやけどな。気分だけでも」

なんていうからおかしい。

「そのまま帰んなさい。今更、童貞にかえってどうしようての。また、あんな騒ぎいやよ」

「——僕に何か、してほしいことありませんか。脚揉むとか、腰を押すとか、首や肩叩くとか」

「結婚するとか」

「うーむ。してもよい。ようし、ええい、結婚大安売り、かまへん、見切った、見切った、結婚でも何でもするする、安いよ安いよ、大安売り、持ってけ泥棒」

「腹立ちまぎれに何いうとんねん。結婚なんかして要らん。ただそうやってさ、いつまでも私のまわりをうろうろしてて欲しいねん」

「遂に出たな。本音が」

そうなんだ。

私のまわりを、私に焦《こが》れてる男にうろうろしてて欲しい。そうして私は、これぞという男と結婚する。そういう女の人生を、私は夢みてるのである。結婚もできない男ともうゴタゴタやりたくない。

なんでこれが分らんのかなあ。

「ハハア、それで分った、いや、僕には分ったわ」

山村文夫は感心したようにいう。

「あかりさん、それでは結婚でけへんデ、いつまでたっても」

「あかんやろか」

「何や、考えてること浮世ばなれしてるもん」

「そうかなあ」

「いまだに白馬に乗った王子様を待ってるみたいなところあるもん」

私は友人の山名与志子と「老《ひ》ねたお嬢さん」の生き方について考えたことがあったが、やっぱり、山村文夫から見てもそうらしいのだ。

「早《は》よ成長して下さい」

なんていい、文夫は欠伸《あくび》して、

「ああ、ほな、早よ帰ろ。ここであかりさんの成長待ってられへん」

「酒屋でお酒買《こ》うてくるんやなかったの？」

「アテもないのに、お酒ばっかり、飲んでられるかい」

「なーんや、あたし口説こう思《おも》て、酒買うつもりやったんか」

「当り前田のクラッカー。くどき損のお手上げグリコ」

「ときどきまた電話して」

「なんのために」

「気ィ変ってるかもしれへん」

「いやもう、よろし。懲《こ》りた」

「根気ないなあ」

「トシのせいかもしれまへん」

私は文夫の落胆ぶりにかなり、心を動かされた。彼が外へ出て、

「ひえっ。ここ、五階やったんか。やれやれ、これから降りていくのか、階段を」

というとき、いそいそ登ってきたさまを思い出して、ほとんど可哀《かわい》そうになってきた。

「よう登ってきたわ。……期待に釣られて登ったんやな。五階なんていつの間ァに登ってんやろ。せいぜい三階や思《おも》てた」

なんて廊下で情けなさそうに文句をたれている。

私はもう、同情の念でいっぱい。

「これ、僕やさかい、おとなしィに帰るねんデ。ほかの男やってみい、暴れまわって、あかりさん襲うてるかもしれへん」

「まさか」

「そらわかりませんよ。ほんなら……」

いつまでも文夫はグズグズしている。

私はもうちょっとで、

(待って)

というところであった。

女の気の弱さ、というより私の気の弱さだろうか。いくら何でも、あまりにかわいそう、という気になるのであった。アテがはずれて肩を落しているその姿は、いかにも哀れをそそるのである。おなかを空かしてる人に、何一つやらず、飢えたまま押し返すような気がしたのである。

ところが、私が(待って)というより一瞬早く、文夫は階段を降りながらつぶやいていた。

「あーあ、二ヵ月ぶりで女、抱ける思《おも》たのになあ」

つい本音が出たのであろう。自分ではヒドイことをいったとも思わず、

「サイナラ」

なんて私にいって、トコトコ降りはじめた。

何やあれは。

私は猛然と腹が立ったのである。二ヵ月ぶりというから、相手は私じゃない。それはいいが、「女抱ける」とは何であるか。女なら誰でもいい、ってことじゃないか。つまり文夫にとっては生理的欲求を充足させられればいいということなのだ。

私は考えれば考えるほどカッカしてきた。

それが若い男の生理だという発想は、

「男を知ったいい女」

にはできるかもしれないが、私は何しろ、「老《ひ》ねたお嬢さん」なのだ。いい年して浮世ばなれし、「白馬に乗った王子様」を待ってる女なのだ。

そういう女からみれば、けしからぬ男の発言である。

いやア、あんなヤツにベッドを使わせなくてヨカッタ！

と思ううちに電話があり、

「あかりさん？」

「どうしたのよ」

と文夫ではないか。

「まだ気ィかわってへん？　下の赤電話でかけてるけど」

「かわるもんですか」

といいつつ、文夫がまた、急にかわいくなってくる。

といって、呼び戻すことはしない。

しかしつくづく考えさせられた。私は、結婚ばかり深追いしてるんじゃないかしら。結婚、結婚、と追いかけてるうちに、花のさかりを過し、神サマがせっかく下さったいいものを、むだに宝のもちぐされにしてるんじゃないかしら。

——といって、結婚なしの人生って、考えるのもさびしいし。

深追いしても、そこに幸福が待ってるとは限らないんだけれども……。

私はお化粧を落し、ベッドで一人寝る。

しかし、一人でノビノビ手足をのばしてると、ホッとする気分でもあった。

結局、どっちがよかったか、まだわからない。文夫が私のことをほんとに好きなのか（あとですぐ電話してくるウィットに富んだ可愛げをみるがよい）、または欲望の手近な対象とだけみてるのか、わからないのと同じである。

「ソノ気」について

1

私の勤めている会社は小さな貿易会社である。

雑貨を輸入しているのであるが、専務サンにいわせると、

「小さいから小廻りきくんやな。自転車操業でも身がかるいさかい、廻れる、ちゅうようなもんや。人生かて、みな自転車操業やぜ。みな、わずかの資本をやりくって生きとんにゃ」

ということである。

この専務は五十三、四で、この年頃の人によくあるように頑丈だが背は低い。赤らんだ、大々《だいだい》とした顔が、広い肩の上に乗っかっていて、坐っているとどんな大男かと思うが、立つと思ったより低いわけである。社内三短足の一人である。

「僕らの若い頃はちょうど戦中戦後の食べもんのないころでな。伸び盛りに食われへん

かってん。それで伸び切らなんだ。いつも腹すかしとった。ウチの息子なんか見てみい、一メートル七十五もあるがな。よう、モノ食いくさってなあ」

と、聞きようによっては憎々しげに聞えるようなモノのいいかたをする。専務の息子は三流の私立大生ということである。

この専務が、だいたい会社の仕事を切りまわしているらしい。社長が社にいるときはあまりない。社長は専務より年若く、たえず外国を廻って買付けしているようである。

専務は会社の中ではウケのよいほうであろう。ゴルフ狂で、ゴルフの話をはじめるととまらず、自分でもこの頃はそれに気付いて、話がゴルフにいきそうになると、

「あかん、やめとこ」

という。そして、私たちに、

「もしゴルフの話しかけたら、どついてんか」

などといったりし、大阪の下町生れらしい気さくな男で、みなに好かれている。

私がこの専務の好きなところは、

「あんたら、辞《や》めなや」

と私たち八人ばかりいる女の子にいうところだ。

「結婚したかて、働きや。仕事はつづけなあかんデ。女かて働かな、あかん」

女の子に辞めろ辞めろ、という会社は多いが、辞めるな、という会社は珍しい。

もっとも、働く時間が長い。

九時から五時、と一応はなっているが、七時八時になることも珍しくはなく、労働条件はいいとはいえない。

そのせいか、ほんのぽっちり、サラリーは水準よりはいいみたい。

それに隔週、週休二日制になってる。大企業みたいに海の家や山の家といった厚生施設はないけど、社員旅行は年一回、一泊である。

専務がなんで私たちに働きやというかというと、噂《うわさ》では、

「専務の奥さんは、ほんまに、三食昼寝つき、ドデーッと寝ころんではるそうです」

と、これは机を並べる梅本クンの話である。

「専務が飲んでこぼしてるのん、僕聞いたもン」

「だって男は、女を養うのが男の甲斐性《かいしょう》、というので嬉しいんやない？」

と私はいった。

「働きに出すのをいやがる男、いるでしょうが」

「そら居《お》るやろうけど、しかし女にあんまりのんびりされると、オレ、なんでこんな奴《やつ》、一生養わんならんねん、いう気ィするやろなあ。僕、わかりますワ」

と梅本はいっていた。

この梅本、私より一つ下なのに、まだ独身である。

専務が私たちに、辞めるな辞めるな、というのは、「ドデーッ」族女房をこの世にこれ以上ふやしたくないという気持に加え、会社の仕事が仕事なので、新しい子を入れるとまた慣れるまで少しばかり時間がかかる、ということもあるらしい。私は輸入書類をタイプしたり、作ったりするのだが、これが英語だけでなく、イタリア語、フランス語といろいろあり、もちろん私はそんな、各国語に堪能《たんのう》というわけにはまいらないが、長いこと携わっていると、慣れとカンで何とか捌《さば》けるようになった。

（もっとも、こうみえて私は、勤めはじめたころ、必死に勉強したものである。英語だけはいささかマシであったが、それでも短大英文科ぐらいの学力ではどうしようもない。フランス語とイタリア語の手ほどきやら入門やらの個人教室にも通い、一生けんめい勉強したものであった）

梅本は私の後輩ではあるが一応はまッ、仏文科出身なので、わからないことは彼に聞くことにしている。

そうやっているうち、女のカンも冴えて、いつしか仕事の中身ものみこめるようになったから、そういうのに辞められると、たしかに当座はまずい点があるかもしれない。

それにしても私は専務の、

「人生自転車操業説」

に感心している。

会社の業績だけではない、という。

「君ら、美貌《びぼう》かて、健康かて、やで」

と専務は私たちにいった。

「なけなしの美貌や健康を……」

「なけなしの美貌はひどいじゃないですか」

と私たちが抗議したら専務はあわてて、

「いや、ま、限りある美貌といおか、これは神サンからもろたもんで勝負せな、しょうないのや。そいつを先繰《せんぐ》りにやりくりやりくりして使う。小さい資本で大きいもうけ、というのは中々むつかしい。健康かて、そや。一年健康やったら、また次の一年も保《も》つ、その元気で、どうやら次の一年も乗り切る、と。こないして、どうやらこうやら生きてくんやな」

「ヒャーッ、専務サンの話聞いてたら、気ィが小《ち》そうなるわ」

といちばん若い石井ゆみ子がいい、

「そやそや、女は美貌に関しては、小さい資本で大きくもうけよッと思ってるもん」

と、美貌自慢の清川花重《はなえ》がいった。

若い女の子らには総じて専務の「人生自転車操業説」はのみこめないようであったが、私にはわかった。

三十一になるこのトシではよくわかる。

自分では美しさも若さも賢さも、二十代よりずうっと深まっていると思っているが、ホントいうと、その美しさ、若さ、賢さの、小さな核を大事にして、うまく引きのばして使ってる、というだけのような気がする。

バカでは、ハイ・ミスの商売の内幕は、かなりせわしい。

三十ハイ・ミス商売はつとまらんのだ。

操業するうちにだんだん、雪だるまのように人生のなにかがもうかって充実してくればよいのであるが、雪だるまのようにせっかくふくれたものを、すぐ次に使わないとたちまち転倒《こけ》てしまうという、せわしいところがある。

「そうかなあ」

と梅本は三十でも、男だからよく分らぬみたい。

「少なくとも、和田サンはそう見えません。足でせわしいにペダル踏んでるとは、とても見えへん」

梅本は年より若くみえる男で、つるりとしたむき卵のような顔に、小ぢんまりと恰好のいい目はな立ち、どことなく梨園《りえん》の御曹司《おんぞうし》といったおもむきである。

夏でも長袖《ながそで》のワイシャツで、色白の涼しげな顔をしている。瘦《や》せて背ばかりたかい。

しかし石井ゆみ子や清川花重にいわせると、

「どことなく、男の匂いがせえへん」

といい、若い女の子は気むずかしいものである。男の匂いむんむんというような男には、

「男臭《おとこくさ》すぎる。欲望ぎらぎらっていうのがミエミエじゃないのさ」

とけなしたりして、全く、口から先に生れたとしか思えない。

しかし、かといって私も、梅本に魅力を感じるかといわれれば、

（申しわけないがパスさせて頂きます）

といわずにいられない。なぜということはないのだが、この男あいてにベッドで、

「ソノ気」

にはなれない、というところがある。

私も山村文夫を嗤《わら》えない。このトシになると男を見たらソノ気に、

「なるか」

「ならぬか」

というのがすぐ気になるところがある。してみると男も女も一緒であるらしい。

女だってそうなのだが、今までの社会慣習上、

（そんなこと、考えたことございませんわ。ソノ気になるか、ならぬかなんて、まあ恥ずかしい。ンもう……）

という顔をしていたのだ。

それを何くわぬ顔といって、お見合いして、条件が合ったというだけで、私が思うに、何が阿呆という。

「ソノ気」

にならぬのに結婚する女である。そんなことをしたら、失敗するにきまってる。ソノ気は未経験と経験を問わず、神サマが与えてくれた能力であって、どの女にもそなわっている。

未経験者は漠然とした違和感で何となくイヤ、と思う。

経験者はちゃんとわかっていて、

(こんな毛色の好かん奴とベッドでソノ気になれるか、っちゅうねン)

と考えている。

これはその当事者がわるいというのではない。男と女にそれぞれの波長があり、向き不向き、というのがあるから、めぐりあいの問題であろう。

それでいうと、梅本は私にソノ気を起させない、というだけで、べつに嫌いではないのである。職場の同僚で、たまたまそれが男だった、というだけのもの。

私はときどき梅本をからかってやる。

「なんで結婚せえへんの？」

「八へんめや。このあいだ、見合いことわられたん。僕からことわったこと、いっぺんもないんですけどねえ」

「へーえ」

私は、私や社の女の子が思うように、どうも梅本は世間の女が見ても「ソノ気」になれないところがあるのかなあ、と感慨をもったが、それは口に出してはいわなかった。

「いつまでも親の家に居《お》られへんさかい、ぼちぼち出よか、思《おも》てますねんけど、お袋がうるそうて……」

梅本は長男であるが、下に弟が二人いる。姉はもう結婚しているそうである。上の弟が梅本より先に結婚して家を出たので、梅本が出ていくと淋《さび》しくなる、とお袋さんはいうらしい。

「家に居ると何かにつけ不自由です。早《は》よ一人ぐらししてみたい」

と梅本はいい、何のことはない、これでは男の山名与志子ではないか。のみならず、

「いちばん下の弟が、こいつ大学出て勤めはじめたばっかりやのに、もう婚約しよって」

「おめでと」

「それが、向う一人娘ですねん。向うの家へ養子にいく、いいよるんですワ」

「へーえ」

「こいついうたら、かねて、オレは養子がええ、家もち土地つき車ありの養子のセンでいく、いうてました。ローンに縛られて一生あくせくするのんイヤや、いいますねん。今日《きょう》びの若いもんはえげつないです。そんなんで、みな家を出てしもたら淋しいさかい、居《お》ってくれ、とお袋は僕をたよりにする。縁談がまとまらんさかい、心配して、いまは『カンカンさん』たらいうのん信仰してます。縁結びにご利益のあらたかな観音サンらしいです」

いよいよ、山名与志子と同じである。そのうち、私はふと、

(この男と山名与志子とは、どうだろう!?)

と考えたのだ。

ひょっとしたら、山名与志子は、この梅本を見て、

(ソノ気)

になるかもしれないではないか。

もしそうなったら、これこそカンカンさんのお引き合せ、というものであろう。

2

「ふうん。ほんならなんであんたが、その梅本とかいう人と結婚せえへんのん」

と与志子はきく。私たちは「とことん」で、鮑《あわび》の水貝だとか、魚ぞうめんといった、

おいしい「季節おん料理」を食べている。

月に一度の散財である。

こういうすてきな「季節おん料理」を心ゆくまで賞味できるのは、同性の、それも同じようにハイ・ミスの女同士に限るのだ。しかも自分の勘定は自分で払う、という女同士に限るのだ！　男なんかに奢ってもらうと、

（このあと、どこへ連れていくつもりだろうか？）と気が揉めるし、奢ってやったりしたら、

（この次はモトをとりかえさなくちゃ）

と思ったりして、不純な邪念がお料理の味をそこねてしまう。

もっとも結婚の話が出たので、私も与志子も少しばかり、「季節おん料理」はうわの空で、話に夢中になっているところがある。

「あたしは向いてないねん。あたしに向いて無《の》うても、あんたに向いてる、いうところはあるでしょ」

「それ、ある。……けど、なんで急にあたしを思い出したん？」

山名与志子は疑り深い奴であるのだ。ぽっちゃりした童顔ながら、精一ぱい「いい女」風に見せようと、アイラインを入れたり、紫パールのアイシャドウを塗ったりしているが、頓狂《とんきょう》な丸い目と小さい唇が、どうしても子供子供した表情にさせてしまう。

「その梅本サンは八回も見合いしたんやて。いうたら理想主義やねんなあ。あたしふと、与志子やったらひょっとすると梅本サンの理想の女性かもしれへん、と思えてきたから」

私は、八回も見合いして、八回とも先方からことわられたという、梅本の告白は伏せておいた。

与志子は会ってもよいが、前以《まえもつ》て梅本にはことのイキサツを知らせず、それは私と与志子の胸にだけおさめておくことにしてほしいという。もし与志子が梅本は「モヒトツ」だとことわったりしたとき、私と梅本の間が気まずくなったりしたら具合わるいであろうという。

私も賛成した。

ほんとのお見合いのようにホテルへお茶飲みにいったりするのもぱっとしないし、ジャズ喫茶や何やというところは、

「やかましィて、おちついて観察でけへん」

と与志子はいう。「とことん」はそんな不純な目的で使いたくないし、「『テリトリー』で飲むだけにすれば？」と私がいったら、

「とにかく食べさせなきゃだめよ」

という与志子の意見である。

「男のテーブルマナーと、セックスマナーは比例するね」

「そうかなあ」

それははじめて聞く意見である。しかし山村文夫のテーブルマナーをやかましく調教した私は、そのへんを無意識に見越して、躾《しつけ》ていたのかもしれぬ。

「箸使いのヘタな男、なんてのはあたしにはモヒトツやな。考えてごらんなさいよ。一年中そばにいていっしょに御飯食べる人間が、モヒトツやなんて生理的にゾッとするわ」

「そりゃあるわね」

どうやら、与志子のいう「モヒトツ」と、私の「ソノ気になる」とは、一脈、通じるところのあるコトバらしい。

結局、会見の場は私の部屋ということになってしまった。

「まだ、あんたのご自慢のベッドがおさまったトコ見てないもん。ご自慢の部屋もみせてえな」

与志子はよっぽど私の部屋にあこがれているらしいのだ。

「しゃァないな、言い出したんあたしやさかい、そういうことにしよか」

「その代り、何ンかごちそう持っていく。そや、シチューにしよか。あたしの作れるのん、それしかないねん、というたって、電気ポットやさかい、材料入れてスイッチ押しといたらできるんねん」

与志子はそれを「ズボラシチュー」と呼んでいるという。何となく彼女のすることはたよりなくもおかしい。結婚したがっているくせに、縁談が来ると逃げたくなるのがハイ・ミスの特徴だというけれど、

「いつか、ほんまもんを勉強しよ思うねッけど」

といいつつ、いつのことか分らない。

与志子はともかく、梅本クンを招待するというのはどうであろう。

私の部屋にそうそう、男は入れたくないのであるが、何たるふしぎ、梅本クンに関しては、さしたる反撥《はんぱつ》は感じないのである。男のカズには入れてないというところかもしれない。

「梅本サン、あたしの引っ越しパーティするよって来《け》えへん？」

といったら、一も二もなく梅本は、

「いいんですか」

と顔をほころばせっ放しであった。

「あたしの学生時代の友達も一人、招《よ》んでるけど、ええでしょ」

といったら、

「あ。そうなんですか。僕一人じゃないんですか」

とアリアリと失望の顔色になる。

「いや、男は梅本サン一人よ。男一人に女二人、両手にハイ・ミス――ではいけないですか？」

「あ。そのヒトもハイ・ミスですか」

梅本はやや気を引き立てたようにいう。

「あたしと同じ三十一よ、いけない？」

「それなら、いいです。僕、そんなん、好きです」

梅本の色白の上品な顔はたちまち明るくなる。

「僕、一つ二つ年上の女性、というのが好きでしてねえ……なぜですかね」

「昔からなの？」

「いや。和田サンと知り合って以来、とちがいますか。年下の女性はあきません。魅力、感じません」

「ふーん、困ったわねえ」

「困るんです。年下の女の子、みな子供っぽう見えて。それに甘ったれで心根がきたない。ヒトばっかり、アテにして。ウチの社の女の子、見てそう思います」

「そんなんいうてやったら可哀そうよ。美人で若い子はどうしても甘ったれになるんやもん」

と私はいった。私も会社の女の子は好きではないが、これは口先だけの外交辞令である。

「だれが美人ですか。僕、美人なんて居《お》らへん思います。みなブスです。和田サン見たら――和田サンはわが社のピカ一です」

「よくいうよ、そのヌケヌケとおべんちゃらをいうところが、アンタのきもちわるいところよ、気色《きしょく》わるい」

といってやったら、梅本はたまらぬように笑い出し、

「それそれ。そうズケズケいわれると、僕、たまらないんです」

マゾっ気があるのかもしれない。

与志子は日曜、習いごとがあって忙しいというので、土曜日の夜、ということにした。それも門限がある与志子のことゆえ、早目の夕食、という設定にする。

与志子は「ズボラシチュー」を持ってくるということだったから、私は何にしようかと考えていると、

「任して下さい」

と梅本がいうではないか。

「おやおや、あんた料理やるの」

「お口に適《あ》うかどうかわかりませんが、パエリヤでも作りましょうか。飲みものはサン

グリアなんかどうですか。果物と炭酸水で割った赤ワインです」

「粋《いき》やこと。いつもそんなお料理してるんですか」

「いや、好きやさかい、料理の本見たりして。時々、家で作ります」

「それは知らなんだ」

「いつか、和田サンに食べてもらうときもくるに違いないと、せっせと勉強した」

「うそつけ」

「ハッハハ」

梅本とは何だかだと、おしゃべりはよくしたが、考えてみると、たちいった話などはしていない。

私はこの男にはズケズケいえるかわりにまた、

(ちょっと。この言葉はどういう意味ですか、辞書にもないいんやけど)

と聞くのに抵抗がなく、要するに空気みたいな存在であったのだ。梅本は営業といっても外を出あるくことは少ないので、たいてい社内にいるが、それが気にならない。かつ、私が分らぬことを聞いたとて、偉そうにするわけではない。海外のお得意さんとフランス語でしゃべっていたりするが、それでもってイキがってみせるということもないので、私には目ざわりでないのである。

その程度のつきあいなので、梅本が料理に趣味をもつなんて、何年もつきあって知らないのであった。少なくとも、梅本は自転車操業の人生にはみえない。

「サングリアという飲みものは、難しくはありませんが、早《はよ》う作っとかんと冷えませんので、ちょっと早めにいきます」

なんていってた。

その日は幸い、週休二日の土曜である。

私は前夜おそくまでかかって、カーテンを縫った。おかげでベッドカバーとカーテンはお揃いとなり、部屋は夏らしく、さっぱりした。

窓にはレースのカーテンだけにする。

簡素だが、カネのかかった部屋、というのがいい。私は人形ヌイグルミ、造花、各地おみやげ特産品の飾り物、こけし、などのたぐいは一括《いっかつ》して実家の物置に抛《ほう》りこんできた。

「やあ。いい部屋ですなあ」

梅本は三時ごろ早くもやってきた。

骨董《こっとう》店の古い、上質のお雛《ひな》さまのような彼がほほえむと、いっそう、典雅である。

そのとき私は悟ったのだ。

うん。

この、典雅すぎるところが、女に、「ソノ気」にさせない点かもしれない。こういう面立《おもだ》ちは、神主《かんぬし》サンになって、「高天原《たかまがはら》に……」などと重々しく祝詞《のりと》をよみ上げているのが似つかわしい。

ベッドには向いてないのだ。

女はやっぱり、いくぶんは「美女と野獣」という図式がお好みらしく、お雛さまや神主サンのように典雅荘重というのは、どうも心をそそられないみたい。

しかし梅本クンは私にそんな省察をされてるとも知らず、部屋を見廻し、

「これは処女の部屋じゃありませんね、『いい女』の部屋です。僕そんなん好きです。僕、処女願望はないんです」

なんなというとけ。

そのへんが梅本という男のヘンなところである。あいかわらずにこにこと、

「じゃキッチン、お借りします。和田サン、そこで休んでて下さい」

「買物は？」

「駅前のスーパーでそろえました。サフランだけは僕、家から持ってきました」

あれよあれよという間に、梅本は荷物の中からエプロンを出し（それはコックのつけるようなシッカリした白い大きい前掛《まえかけ》である）、それを付けて、かいがいしく、マナイタを洗いはじめた。

いやこりゃ、便利な男だあッ！　こんなことしてくれる男を、他の女に渡す手はない。

私は猛然と梅本に関心をもちはじめた。

3

「そのリンゴ、皮むいてもらえますか」

梅本は私に指図する。

私は自炊していることとて、庖丁《ほうちょう》も二、三本持ち、マナイタも大小そろえている。

エプロンをつけて、

「あいよ」

と梅本に並んで庖丁を使いはじめた。

「オレンジは一コは皮のまま薄切り、一コは皮むいて絞って下さい、あ、水差しありますか、和田サン」

「ガラスのでいいかな」

「それで結構。ここへ赤ワイン三カップ」

「オッケ」

「レモンの薄切りとこの炭酸水、いれて」

「いい匂いしてる。早く飲みたいッ！」

「あとは冷せばでき上り。カンタン」

「梅本サンの手つきのええこと」

「いや、和田サンこそ、です。仕事もてきぱきしてるけど、庖丁さばきもキビキビしてる。そういうとこ、よろしなあ」

「ナハハハ……」

ほめられて不機嫌になる女がいたらお目にかかりたい。もっともっと、ほめてえ！　また、梅本のほめかたもいい。ほんとに感心した口吻《くちぶり》である。私も三十一だよ。ダテにトシとってない。男が本心から感心してるか、口先だけか、嗅覚《きゆうかく》でかぎわけるキャリアはある。

梅本はいまはムール貝を掃除して洗いつつ、

「若い女の子、いうたら……」

「ちょっと。パエリヤって、ずいぶんいろいろ材料、要るのねえ」

私は「若い女の子」のワルクチも早く聞きたいが、それはそれとしてパエリヤ用に梅本が買い込んできた、車海老《くるまえび》、イカ、ムール貝、鯛《たい》、野菜などに一瞬、心うばわれた。

(高価《たか》くついてるなッ！)

と思ったのだ。男の料理は美味《うま》いというが、それは材料に惜しげもなく金を投ずるからで、美味いのは当り前、というところがある。女なら冷蔵庫の在庫品一掃、なんてことをして、おいしく食べようと苦心するんだけど。

　まあいい。

　今日はパーティだ。

「ちょいと梅本サン、今日買《こ》うてきてもろた分、あとで払うからね。あんたは労力だけ提供してくれればいいから」

「かまいませんよ。引っ越しのお祝いです」

「そんなわけにいかない。あたしが招待したんやから、あたしが払うべき筋合のもんですもの」

「おかたいことで……」

「これ、自立女性の心意気よ。経済観念が確立していればこそ、精神の自立が獲得できるんです」

　そんな大層なものではなく、ハイ・ミスは金についてはシビアにいきたいのである。つまり、ヒトの金・わが金の区別をチャンとしときたいのである。男のこととなると、ヒトの男でもスキあらば奪ってやろうというハイ・ミスはたくさんいるが、他人と自分の金をゴチャゴチャにして平気、というハイ・ミスはいないみたい。

「あ、そういうトコも僕、好きです。いまの若い女の子、自分の金は自分のもの、ヒトの金も自分のもの、というトコありますね、奢ってやっても『ごちそうさまァ』なんていう、そのいいかたに誠意感じられません。奢られるの、当り前や思《おも》てます」

いちいち誠意もってお礼いわそうと思うなら、ご馳走《ちそう》なんか、せなければよい。

私はそう思っている。

モノをやったのに礼状もよこさぬとか、その次に会っても礼もいわぬと責めるくらいなら、はじめからやらねばよい。

奢った以上は、礼をいわれなくても平気でいればよい。自分の満足感だけでよし、とせねばならぬ。他人の心をアテにして生きたくない、というのも、ハイ・ミスの生活感情である。

私なんか、いまの若い子に奢ろうなんて、これっぽちも考えないよ、あんな可愛げない連中なんか。

その代り、もし奢るとしたら、自分がゼヒそうしたかったからするのであって、相手の礼や感謝なんか期待しないと思う。

「あ、あ、それ、わかります。僕かて、そう思いますけどね。――いや、僕の言いたいのは、若い女の子は自分らのこと、物凄《ものすご》う思いあがってるんです」

「思いあがる？」

「自分らみたいに別嬪《べっぴん》で若い女の子に、可愛い声で『ごちそうさまァ』なんていわれたら男は、それ聞くだけで嬉しィて有頂天になるやろ、そう思いこんでるんですね。だから『ごちそうさまァ』というのが口先だけで、誠意ないというんです。なぜか、男をバカにしてるんですね。——若さや美しさによりかかってしか、世の中を見てません。プアな連中です。思いあがりもいいトコです」

私は社の石井ゆみ子や清川花重《はなえ》の顔を思いうかべ、梅本のいわんとするところもよくわかったが、

「えらい哲学的な話になったな」

とはぐらかしておいた。もっともお雛さままでも神主サンでも、梅本もさすがに男である。男は女の噂ばなしのように、実際の名をあげて誰ソレさんが……といわぬところがよい。男のよさを梅本も持っている。ソノ気になれなくても、梅本も男にちがいないと立証されたのである。私は男のそういうところが好きだ。

私はパエリヤもついでに勉強することになった。スペイン料理で食べたことはあるが作るのははじめて。これは平たい鉄製のパエリヤ専用鍋というのが要るのだが、

「なあに、土鍋でもふつうの鍋でもいいです。炊飯器でもいいですよ」

と梅本はいう。私は一人暮しで鍋もフライパンも小さいが、ただ麺類《めんるい》が好きなので、スパゲッティやそうめんを茹《ゆ》でるときのために大きいアルミ鍋を持っている。それを見せると、

「結構結構、何でもいいんです」

そのくせ、中途でちょっとひと息入れて休もうと二人で椅子に坐り、私が冷蔵庫の麦

茶を出すと、

「これは、煮たてて冷ました麦茶ですな」

と梅本は嬉しそうにいった。

「この頃は水の中へパックのお茶入れて、それで麦茶いうて飲ましますな、あれはかなわんです」

そんなところは「何でもいい」にならないらしい。味にうるさい男のようだ。

パエリヤというのは、要するに魚のだしでゴハンを炊く、というものだった。梅本は魚のアラやイカの足、などをスープで煮たて（そうそう、その中にトマトジュースやにんにく、月桂樹の葉、サフランやバジル、オレガノ、フェンネルといった香草類もぶちこんだっけ）、その汁を濾《こ》した。男のすることだから、ぱっぱっといさぎよく、今度はその汁で、パエリヤの上に飾る鯛や車海老やイカを茹でるのも手早い。

それらを茹でた汁で、いよいよ、いためた米を炊くわけである。私はたきこみ御飯というのはよく作るから要領がすぐのみこめた。

このマンションは小さいが一応キッチンの設備もあるので、ガスレンジの下は天火がついている。御飯の上にイカやら鯛を飾り、あとは天火でちょっと焼けばいいところまでできた。それは大皿に美しく盛られた。

「お友達が来はってから、天火で焼きましょう」

と梅本は手を休めず、台所を片づけはじめる。料理はするがあと片づけはイヤ、という男は多いのに、

「なに。仕事の手順ができてれば、手のあいたときに次々、洗《あろ》たらしまいです」

いやー、こういう男がいたら、私は働いて男に家事をしてもらってもよい。会社から帰って（ただいま。今晩は何のオカズ？）（お帰り。今夜はスペイン料理にしたデ）と男は洗濯物をとりこみながら、いそいそと答える――私、そうなってもいい。私は外で働くのも好きだし、なあ。

山名与志子に紹介しようというのが何だか勿体《もったい》なく思われ、

（与志子になンか、いわんといたらよかった。……もうちょっとこの梅本クンとつき合《お》うてみてもよかったかな。そしてしがんだあとのカスを与志子にやればよかった……）

などと一瞬、後悔した。と、そこへ私のそんな気持を見すかして、

（そうはさせへんわいな）

という如《ごと》く、ピンポンパン……と期待にみちた音がひびきわたり、与志子があらわれた。

4

与志子は紙袋にシチュー鍋を入れて持って来たが、その顔は極彩色に彩られ、なんと

おどろいたことにツケ睫毛《まつげ》までつけてるではないか。そして梅本を目の隅に入れて意識してるくせに、私の部屋のほうに興味があるようによそおい、

「あ。ええ部屋やないのォ。でも何か、こう……円形なの？　このワンルーム」

「五角形やねん」

「ふーん。あ、このベッド、すてき。やっぱしよかったね」

与志子は私と一緒にベッドを見にいったので、いまもやはり、うらやましそうにいう。

ベッドのところへ走っていってオーク材の縁やヘッドボードを撫で、

「ええなあ。このベッドカバーもすてき」

どしんと腰をおろしたりし、バスルームをのぞいて、白いタイルに空色のバスタブというさまをじっくり眺め、

「ふーん。なるほどねえ。こんなええ部屋、夜しか使わへんて勿体ないわねえ。あたし、昼間、ここへ住んだげようか」

「会社はどうすんのよ」

「そうなったら、夜のつとめに代るわよ——ああ、ええなあ、あたしも女のひとり住い、したいなあ。ねえ、昼間あたしが住んで、夜はあんたが住む、というのにすれば？　家賃も半額になるやない？」

そこはもう、すんでるのである。つまりそのページは、もう読んでしまった小説なの

だ。

私は以前、どうせそのうち結婚するだろうし、そうなればどうせ新居を二人で捜すだろうし、というので、狭くても不便でも女子アパートにくすぶっていた。しかしいつまでたっても「どうせ」の局面にならない。だから一人で新居を捜して、自分一人の人生をたのしむ、という方向に舵《かじ》をとったのだ。

今さらそれをまた、逆もどりできますかッてんだ。

もっとも今日は与志子や梅本を部屋に入れるというのでモノを片づけ、花を飾ったりしているから、ふだんよりも小ざっぱりしてるのはまちがいない。それでよけい与志子にはうらやましくみえるのかもしれない。

いつまでもベッドでトランポリンのようにとびはねている与志子を、私はキッチンへひっぱっていき、

「こちら、ウチの会社の梅本サン」

「短大の友達の、山名サン」

と紹介した。

梅本は山村文夫や与志子とちがうから、部屋へ入ってまっすぐベッドへいったりせず、まっすぐキッチンへきたのである。

二人は挨拶《あいさつ》した。

私の見るところ、与志子は初対面でもう、すこし気取ってるようであった。これは気に入ったしるしである。初対面というか、ドアを開けたときから梅本を目の隅でとらえ、

（いける！）

という感じだったのが見てとれた。ベッドでトランポリンのようにとびあがっていたのは、照れくささをかくすためと、弾みごこちのせいらしい。

「僕はここへ招《よ》ばれたのは、むろんはじめてですが、山名サンもそうですか」

私たちはトライアングルという恰好で食事をはじめた。サングリアという飲みものは軽くて口あたりよく、よく冷えているのでおいしかった。与志子の持ってきたシチューは汁気が多く「シチューのおじや」とでもいうようなものだったが、匂いがいい。

「そうなン。あたしまだ親の家にいますでしょ、早《はよ》う出たいのやけど」

「僕と一緒です」

「いつでもすぐ出られるんですのよ。そして、早う、こんな部屋に住みたいわァ。相手があればすぐ出るつもりですのよ」

今度は梅本は「僕と一緒です」とはいわなかった。

天火でさっと焼いた大皿盛りのパエリヤがでんとまん中に据えられた。パエリヤなんていうけど、これは西洋チャンコ鍋、チャンコたきこみ御飯というべきものであろう。

しかしサフランのいい匂いと黄色い御飯の上に、いろどりよく海老が乗り、ムール貝が

柿色の実をぱっくりのぞかせ、イカや鯛がてらてら光って、いやが上にも興趣をそそりたてているところ、写真にとっときたいようだった。

与志子はこれが梅本の手になるものと聞いて、

「あ、まあそう。お料理もなさるの!?」

とよそいきの作り声でおどろき、ツケ睫毛をパシパシとまたたいて、内心（拾いもんだ！）、と満足がっていることがわかった。そこは私と同じである。

それからあとは三人とも猛烈な食欲で食べはじめた。パエリヤの御飯が香りたかくおいしいことといったら。与志子の「ズボラシチュー」も見た目よりはいけた。肉が柔らかく煮こんであって、これは与志子の手柄というより電気ポットの持味であろうけど。

梅本のテーブルマナーは、気にならなかった。気にならないというのは及第点である。舌を鳴らすこともなく、食事中、指で歯をせせったり、しない。そうして適当に、両《りょう》脇《わき》の私と与志子によくしゃべる。

それもお義理ではなく、ダンダン、楽しそうになってくるのがわかった。

「このひと——梅本サンはハイ・ミス好きなのよ、ね」

最後の「ね」は梅本にいったのである。梅本はうなずき、

「女は三十以上——というのが僕の持論です」

与志子が身を乗り出すのが感じられた。

「それに処女願望はないんです。処女はイヤなんです」

「そこは一般の方とちがうみたいですね」

与志子メ、作り声でいったが、少し、ショックを受けているのが感じられた。私はかねてにらんでいるのだが、与志子はまだ処女である。これは親もとにいて一人娘というのとは関係ない。

私も会社の若い娘や、「テリトリー」へくる女の子を観察したりして悟ったが、親もとにいる娘や一人娘のほうが、さかんに発展する。一人娘や箱入娘といったって、今日び、親をだまして男と泊りがけ旅行にいくぐらいへっちゃらである。友人たちがまた、どんなにでもウマを合せて親たちをあざむくのにかかっている。

与志子もその気になればチャンスはあったろうに、一点、気の弱いところがあるから、バスに乗りおくれたのだ。私は好奇心が強いから、チャンとバスにとび乗ったけど。

与志子はむなしく何台ものバスを、指を咥《くわ》えて見送り、いつかは結婚というバスのくるのをひたすら待ってるらしい。バスの行先標示に「あそび」「浮気」と書いてあると、片はしからパスするわけである。しかしバス路線をまちがえたのか、行先が「結婚」と書いてあるバスは中々来ない。

バスストップにいた人々はどんどん入れかわるのに与志子一人、じっと立ちつくしている、そんな感じであろうと思われるのだ。

そのうちに与志子は、居直ってしまい、どうやら「処女」を売物の一つにしようと決心したようである。それなのに「処女はイヤなんです」と梅本にいわれたんではミもフタもない思いであろう。

「世間の男の人は、やっぱり処女がいいというじゃありません？」

とくやしそうに聞いてる。梅本はうなずき、

「そう、僕の弟なんかそうみたいですなあ。いや、そんなことを話題にしたことはないけど、どうもそうらしい。そのくせ、養子にいって向うの家に入るのには拒否反応はないらしい。僕は反対で、向うの親と顔つき合せてメシ食う気になれません」

「ハハア」

「もっとも、そこのお袋さんが和田サンみたいな――」

といいかけて梅本はいそいで、

「和田サンとか、山名サンみたいな、すてきな年上の女性やったら別です。いっそ、僕ならお袋のほうと結婚したいです」

「ひやァ」

「かわいい子ブリッ子ひらひらの花嫁なんか、もう全くぞっとします」

「うーむ」

与志子は残念そうであった。与志子はいまもなお、結婚式はレースひらひらのかわい

い子ブリッ子の花嫁になろうと、かたく決心しているふしがあるのだ。

梅本はそれに気付かぬのかどうか、

「あの、花嫁というのは、どうしてフランス人形か宝塚のフィナーレみたいな、レースひらひら、裾が広がった釣鐘《つりがね》スカートの、目ぱちくり人形のファッションなんでしょうなあ。僕はあのケーキの上についてるオモチャみたいな結婚式ファッションに魅力、感じないんですワ。もっとオトナ風のファッションでないと気恥ずかしいです」

「でもそれも好き好きじゃありません？」

と私はとりなすようにいった。

私も結婚式のファッションをいろいろ考えるのが好きで、そこはそれ、男と女は違う。女はいくつになっても一世一代の結婚式に自分が主賓になりたいのである。主賓になるからには目立ちたいではないか。

目立つからにはハデハデしいファッションで臨みたいではないか。

「梅本サンかて、もし最愛の花嫁サンが、どうしても目ぱちくり人形みたいな服を着たい、とダダこねたら、その場になれば承知しはるでしょ」

「かもしれません。僕、言いなりになりそうですから」

梅本はおとなしくうなずき、そのへんがちょいといいところである。男の中にはいったん自説を主張したら、あくまで引っこめない、メンツが三度のメシより大事、という

ヤツが多いのだ。男は顔をつぶされたって引っこめたって、

（どっちでもよい。つぶされたらまた、こしらえればよい）

という、大腹中《だいふくちゅう》なのがよい。梅本はそんなに気《き》っ風《ぷ》は大きくないが、おとなしく、自説を引っこめるのである。

しかしまたすぐ顔を輝かせ、

「ほんまに好きなんは、離婚した女性ですなあ」

「えっ」

とこれは与志子。

「僕、離婚して自立してる女性、これがいまの日本で最高のイイ女や、思います。その次が、未婚だけど自立してる、処女でない女性、その下が自立してるけど処女、となるのかな――いちばん最低は自立してない処女」

梅本もヘンな男である。私と同じようにランクづけをひとりでやって喜んでるらしい。

「そんな話、いつも男の人仲間でやってるんですか」と私。

「やりませんよ。男と話したらすぐ仕事の話、会社の上司の話になるし――和田サンとしゃべるのがいちばん人間的な会話を楽しめます。こんなん、女の子にも話せませんし、ね。和田サンとしゃべってると、男としゃべってるみたいで、しかも女の人、いう色気もありますから好きなんです」

いまは梅本は私の方ばかり向いて夢中にしゃべり、いつか「和田サン」「和田サン」になって「山名サン」というのは出てこない。

私、いまになって気付いたんだけれど、山名与志子は今日は白いレースのブラウスにベージュのレースのスカートという「目ぱちくり人形のレースひらひら」という恰好で来ているのだ。

レースひらひらに魅力は感じないの、処女はきらいの、自立してない女は最低の、といわれて、与志子がジリジリとおちこむさまが、私には手に取るごとくわかった。おちこんだ反動で、与志子はキリキリと腹を立ててるのもわかった。

「最低は自立してない処女、とおっしゃいますけどね」

与志子はもう、やけくそという調子である。

「今日び、処女を守るというのも、一つの主張で、これをずーっと貫く、というのは大変な事業ですのよ」

「この道ひとすじ、の勲章ものね」

私は空気をやわらげようとしていったのだが、与志子は笑いもしない。

「処女を守ってることも自立のうちだと思いますけどね」

「かもしれません」

梅本は大いそぎでいう。与志子はおっかぶせ、

「ほんまに処女を守るって今日び、難事業やねンから。しかも、物干へ三日置いといてもカラスもつつかん、魅力ない女やったら、そら、大事業でもないかもしれへん。けど一応見られる女が、雨あられと降る誘惑の中を、時にはよろめいたりしながら、それでも守ってきたんよ、これ、自立精神なかったら、できんこっちゃわ」

私は与志子に雨あられと降る誘惑があったとは信じがたい思いであるが、しかし与志子のほうは、過ぎこし苦難の歳月を思いやるごとく、うっとりしていた。

「——時にはうそついて身を守ったり、時には迫害に堪えたり、時には淋《さび》しい思いをしたり……」

いううちに与志子は自分の言葉に自分が釣られたのか、ツケ睫毛をとって涙をふいた。

「そらァ大事業なんよ、処女を守るって。アホではできんこっちゃわ。信念と主義がなかったら。女の心意気、いうもんやわ。わかる？」

「ハア、わかります」

梅本は与志子の信念と心意気に打たれ、思わず頭をたれる。

「それを自立してないの、離婚女より最低というのは、あんまりや思うわッ！」

与志子は急に起ち上って、

「いや、門限やわ。ほな、あたし帰る」

「まあ、まだ明るいやないの、食後のお酒でも飲もやないの」

「この次にするわ」

とあわただしく持ってきたものをしまいこみ、ツケ睫毛もティッシュペーパーにしっかりとくるんで、

「ほな、さいなら」

と出ていってしまう。

私と梅本は顔見合せ、

「僕、何ンか、ご機嫌をそこねるようなこと、いいましたか」

「さあね」

「僕、和田サンとしゃべってると弾んでしもて、平生しゃべりたいと思うてることが、ついつい口からとめどもなく出てくるんです。和田サンの友達やいうから、和田サンと同じように思うてしもたん、悪かったんでしょうか」

同じように思うったって、「処女最低説」はすこしスパイスがききすぎたかな。せっかく与志子が「ソノ気」になりかけたらしかったのに。

5

二人で笑える仲って、男女の仲のナカでは二重マルくらいにいいトコいく、と私は思っていたが、それでは、

（二人でしゃべる）

というのはどのへんなのであろう。

これは「いいトコ」へ入るのか、「わるいトコ」へ入るのか。

私と梅本はしゃべりづめであった。しかもそのあいだ、彼はササッと立ち働き、私がよごれた皿を流すと、片端から器用に拭いてくれる。私がそれを戸棚へしまっていると、彼はお膳《ダスター》ふきんで、チャッチャッとテーブルを拭き、きちんとととのえてくれる、という風で、そのさまはちょうど会社で、私が渡す書類を、彼が受け取ってチェックして、いろんな部署にふりわけ、調整したり決裁したりして、「未決」の箱に書類を溜めさせたりしない、そんなテキパキした仕事態度に似通う。

考えてみると、彼とはずいぶん長く一緒にいるわけで、一日の大半を机を並べて暮し、それが何年にもなっている。

もっとも職制からいうと、男は昇進していくから、梅本の会社での身分はあがっていき、私はヒラのままである（といっても、後輩の若い女の子は、ヒラのヒラで、私よりまだ下にいるが）。

そういうことはあるものの、しかし小さい会社だから、名刺の肩書がかわったら机の位置もかわるとか、椅子の上等なのをもらうとか、そういうことは一切ない。

いまも私と梅本は机をならべて仕事をし、少なくとも二人のあいだでは、会社の身分

よりも、

「先輩・後輩」

の別のほうが、ハバを利かせているところがある。それでいえば、私のほうがずっと上である。

何年も身近で暮してると、これは、家庭の妻よりも、その男をよく知ることになってしまう。

オフィス・ワイフというものがあるならば、そっちのほうが、人生における比重はハウス・ワイフよりずっと重い。

私と梅本の関係はちょうど、性ヌキのオフィス夫婦というものであろうか。

いや、夫婦というのはおかしいかな。

だって私は、梅本に対して「ソノ気」にならないんだもの。

だからこそ、ワンルームの部屋、ベッドのあるところへ入れて、平気でしゃべっている。

そして彼の動き方、仕事の手順が、私のよう く見知ってるもの、つまり平生の会社におけるたたずまいと一緒であるのを知り、

（そうかァ……あたしがこの男を、ようく知ってるはずだ。何年も一緒にいるんだもんな）

という感慨に浸っている。

こういう、男と女の関係は何というのだろうか。

セックス面で「ようく知ってる」というのではなく、仕事面で、それを通しての人間性とか人生観、職業観、人間観なんかを「ようく知ってる」というのは。

これ、夫妻や、親子以上のもんであるようだ。

私は梅本が、マジメで手抜きせず、といってポカをやっても、カッカとおちこんだりしない、ある種のゆとりがあるのも知ってるし、といって、会社の仕事をバカにしてるのでもないことを知ってる。

それは、肌で感じてる、というたぐいのものである。

それでも彼と、こんなに私的にしゃべったのははじめてであるから、ずいぶんいろんな発見があった。

「なんで離婚した女が好きなんですか」

私たちはいまは、すっかり片付け終って、ウイスキーの水割りのグラスを前に、しゃべっている。そのさまは、このあいだの山村文夫のときと同じであるが、一つだけ違うのは、梅本はチラともベッドの方を見ないことである。

それも、見ないでいようと決心して、意志的に見ないというより、単に家具の一部にすぎないものに関心はない、という風情である。

それより、おしゃべりに夢中である。

まるで無人島に漂着した人が、コトバをしゃべる人とバッタリ会った、という弾みかたである。

会社での梅本は、多弁・饒舌《じょうぜつ》という印象はないんだけどなあ。

「離婚というのは、ですね、もうこの人間とはやっていけない、と見きわめるからでしょう？」

梅本の上品な色白の顔は、少しの酔いで、薄赤くなっているが、それも典雅である。

この際困ることは（いやべつに困らないか）、その典雅が、女を「ソノ気」からますます遠くさせることである。

「まあ、そうね」

「そこに人間の自我が出ます。自我がない女は『やっていけない』なんて思わずに、うやむやに折れますからね。埋没する一方です。僕は、そんなんイヤですなあ。——やってけない、という断乎《だんこ》たる自我をもつ女が好きなんです」

「なるほど」

「未経験の女がキライ、というのも、何考えてるかわからへんからです」

「そういう女を、自分の思うように育ててみたい、ということはないですか？」

「気色《きしょく》わるいですよ、自分の思うように育った女、なんて。僕は、右、いうたら、左、いうて反撥《はんぱつ》する女が好きなんです」

「おやおや」

「いろはがるたに『亭主の好きな赤烏帽子《あかえぼし》』、というのがありましたね」

「あった、あった」

「烏帽子というかぶり物は黒にきまってるのに、亭主が赤がいいというと、女房もそれに従う、という意味でしょう？」

「よう知らんけど、たぶん、そうでしょうね」

「そういう女、僕、キライなんです」

「じゃ梅本サンなら、女房が赤烏帽子がいいというと、従うんですか」

「むしろ、そのほうがよろしいなあ……。あ、氷、とってきます」

と合間にマメマメしく世話を焼き、そこも文夫とは大いにちがう。

「未経験で処女の子に、もし惚《ほ》れられたらどうしますか」

私は山名与志子のことを考えていっている。

「うーん。どうぞその子が、ヨソの男と結婚して、また離婚してくれればよい。早《はよ》う、出戻りになって戻ってこい！　と思いますな」

「けったいな人ね、梅本サンて」

梅本は笑い、しごく上機嫌である。クリーム色の半袖のポロシャツからのぞく、首すじも胸も、酔いで薄赤く染まってるが、それも特にとりたてて、なまめかしいという風情ではなく、これはべつに梅本が痩せて細い軀《からだ》つきだからではない。

世の中には細くても痩せていてもセックスアッピールのある男はいる。小男でもデブでも禿《は》げでも短足でも、性的魅力は別である。

梅本に色気が足らんのは、彼がおしゃべりであるからだろうか、と私は考えた。色気というのは、

（こいつ、何を考えてるんやろ）

という不可解なところに生ずるのかもしれない。すっかりしゃべってしまうと色気から遠ざかる。

「出戻りになったその子が、まだ僕に惚れてくれてるとなったら、僕は結婚します。その子が選択してくれた結果ですからね」

「そんな手数のかかることせな、いかんのですか。それではなんぼお見合いしても、うまいこといかないかも知れない」

「いや、僕も悪いんです。つい和田サンとおしゃべりしてるつもりになって、手心せずに若い子としゃべってしまいますからね――ねえ、和田サン」

「何ですか」

「和田サンは、なんで結婚せえへんのですか」

そういうことを聞かれても、相手が梅本では、ドキドキもしないし、ワクワクもしないのだから、残念といおうか、気の毒といおうか、

「あたしはいっぺんも、『結婚しない主義』です——なんて看板を上げたことはないんやけどねえ。だけどなぜか、こういうことになっちゃって」

「なら、僕と一緒ですね。こういうのを縁遠い、というんでしょうか」

と梅本は涼しい顔でいる。このへんが、この男のフシギなところである。これが山村文夫であると、

（へえー、どうでしょう、この、縁遠い者は縁遠い同士、仲よくするというのは。マイナスが集ってプラスになるかもしれません）

なんていって擦《す》り寄ってくるところであろうが、梅本は私に擦り寄ろうなんて、これっぽちも思わぬさまである。

もしかして、彼は、私が彼に対して「ソノ気」にならぬごとく、彼も私に対して「ソノ気」になれないのであろうか？　そうすると私に色気がない、ということではないか。けしからん！

梅本は「和田サン」「和田サン」と私をチヤホヤし、「和田サンとしゃべってると、男としゃべってるみたいで、しかも女の人、いう色気もありますから好きなんです」というが、しかし二人きりでいて、擦り寄ってもこないというのは、どういうことであろ

う？　この男はインポなんであろうか。男の中にはあんまりおしゃべりで充たされすぎて、「おしゃべり不能者」というのがいるのであろうか。

「ねえ、梅本サン」

と私はいまや彼が（インポかどうか!?）という好奇心で満タンになっている。

「こうやって、二人して……」

と、ちょっと私は椅子を彼のほうに近づける。

「たった二人で、結婚がどうの、惚れてどうの、としゃべってるなんて、何だかふしぎね」

「何がですか」

と梅本は切れ長の目をみはっていう。

「いえ、いいトシの男と女と二人いて……たった二人きりでいて」

と、いったとたん、隣のビルの窓から進学塾の講師の声が聞えた。

「何でこれが分らへんねん、オマエら、アホじゃ、カスじゃ、死ね！　とんま！」

例の、口のわるい講師である。三十五、六の、頭の毛の逆立ったどんぐり眼《まなこ》、口の大きな色黒の男で、講師というより、悪徳不動産業者というような感じであるのは、窓からいっぺん見たので知っている。今日は土曜日だから進学塾はやってるのだ。

私はその教室に面した窓を閉めてカーテンをきっちり引き、またもどって来て、つづきをやった。

「いいトシの男と女が二人きりでいて何も起らないなんて、ふしぎ、といいたかったの」

私は、艶然《えんぜん》とほほえみかけた（自分では少なくともそう思ってる）。

と、窓を閉めているのに、まだ口のわるい講師の怒声が聞えてきた。

「何ちゅうことさらす！　けったいなことすな！　何べんいうたらわかるんじゃ」

どうもこの場にそぐわぬバックグラウンドミュージックであるがしかたない。私は気を取り直してつづける。

「ま、こういっちゃナンだけど、あたしもフタ目と見られぬというブスではなし、梅本サンもすてきよ、口元なんか、梅沢富美男ばりにかわいいし」

「いやー、そんな」

「そういう、見苦しからぬ男と女が、お互い、憎からぬ思いでいるのに、何も起らないなんて、どうしてでしょ」

そのとき、またどんぐり眼講師の悪罵《あくば》が、窓越しにひびきわたり、

「ええかげんなこと、いうな！　オマエはアホじゃ。もっぺんアタマ冷して出直せ！」

何というマンションであろうか、家賃を五割方値引きしてもらわなければ引き合わない。ムードも何もぶっこわしではないか。私はこんな近接したビルを建てた人間も、そ

こへ進学塾などつくった人間も、そんな進学塾へ通ってくる学生も呪《のろ》いたくなった。しかし梅本は、そんな罵声など、ただのノイズとしか思えぬさまで、ことさら耳には入らないらしい。私との会話のほうに身を入れていたらしく、上機嫌な顔をほころばせ、

「それは和田サンも僕も同じやと思うのですが、美意識のせいですね」

「美意識」

「いったん、関係ができると、そのあとつまらないと思うでしょう」

「うん、それはあるわね」

「特別な関係ができると、あとかえって、さびしくなると思うんです」

「それはそう」

「なんでこない、僕と和田サンとでは話が合うんかなあ」

と梅本はひとりで悦に入っている。

「ほら、ツーといえば……」

「カー」

と私はいった。

「ね、二人はこういう風に話が合う、話が合えばすべてよし、というところがある」

いや、待てよ。すべてよしとは参らない。

山村文夫ではないが、私のほうはどうも物足らないなあ。

といってこの男に「ソノ気」が起きないのは以前と同じであるが、密室で二人きりでいて、彼が赤眼吊って襲う気もない、というところが物足らんのである。話が合えばいいってものじゃない。

話が合うどころか、これでは話が違う。

私はだんだん、イーライラしてきたのである。男は、密室で女と二人いるとなると、俄然《がぜん》、本性をむきだして、(あっ、この人も男だったんだ!)と思わせる野性があらまほしい。それを必死におしかくして、「話が合えばすべてよし」と言い繕《つくろ》ってる、そのけなげな、内心の葛藤《かっとう》がいじらしい。それが男というものだ。

しかし梅本は、しんから「話が合えばいい」と思っているらしい。やっぱり、この男はインポなのであろうか?

「ちょっと失礼。トイレお借りしていいですか?」

なんていって、まるで小学一年生のクラスメートみたいである。

今日はトイレに、パンティやストッキングを干したりせず、お花なんぞ飾ってるから私は、

「どうぞどうぞ」

といった。

梅本は出てくると、いっかな帰る気配はなく、形式だけ、腕時計をのぞいて、

「まだ、いいですか?」

といったりする。そうして薄い水割りではあるが、ドンドン飲む。

「梅本サンはいま恋人いる?　いまいなくても、過去にいた?」

私はまだあきらめない。

「いました」

「恋人って、話が合うだけじゃなくて、よ。ちゃんと寝た?」

「寝ました。話が合わへん女やから、体で話してた」

と梅本はシャキシャキいい、ほんまかいな、お雛さまみたいな彼を見てると、あんまり、なまぐさ味はない。

「しかしああいうのは、あとが淋しィてねえ。ギャンブルですったあとみたいで。パチンコみたいなもんでもそうですよ、店出るときはむなしい気がしてね」

「へえ」

「十時前になって、そろそろ店がしまう、客がぼつぼつ帰りかける、それでも台から離れる気ィせえへん」

「そんなもんなの?」

「自分でも早《は》よやめたいのに、出る気ィせえへん。最後の最後までねばって、『蛍《ほたる》の光』鳴って店員に追い出されるまで、しがみついてるトコがあります。話の合わへん女と、体で話すのは、そんなトコがあるなあ。気分はよう似てます」

「それでも別れられない……」

「パチンコタイプの女というか、時々、儲《もう》かることもパチンコにはある、それといっしょで、つい面白いときもあって引きずられてつきあうけど、結局、あきません。会《お》うたあと、むなしいんです」

「結婚は考えなかったの？」

「向うは考えてるようでしたが、一生むなしいのはかなわん、思うて逃げました」

そこはどうでもいい。パチンコ女なんか。

それより、私といて、なんでソノ気にならないのか、それを聞こうやないの。え⁉

私は、彼に対してソノ気にならぬのは棚に上げて、そこんとこばかりが気になっている。

まるで梅本をソノ気にならせることに、私の女としての評価がかかっているような気にさせられてしまう。

6

「ちょいと梅本サン、そのパチンコタイプ嬢と寝たときやけどねえ……」

と私がいうと梅本は照れもせず、

「ハイ」

という。梅本は気のせいか、髪の生え際の両端がこの頃後退したように思われる。その分、額がひろくなり、思慮深げにみえ、上品な印象をつよめている。

「どっちから言い寄ったんですか」

「どっちからということなく、自然に手を出した」

「自然に、ねえ……」

するとと私は、自然に手を出させる風情ではないのであろうか？

「そこはどこやったんですか」

私は性急に聞く。梅本は淡々という。

「その女の子の部屋でしたなあ」

「こんなふうな？」

「いや、こんなきれいなトコやありません」

梅本はいまになってやっと部屋中を見廻し、

「それにここ、広いでしょ、その子の部屋は四畳半で、しかもそこにゴタゴタ家財道具入れてるから、坐るとこも膝《ひざ》つき合せて坐らな、あかんほどで……」

ふーん。

狭いのがいいのかな!?

「しかも女の子によくあるでしょ、空間恐怖症というようなヤツ。あの、壁が少しでも空いてると、ポスター貼《は》ったり、カサカサに枯れた日向《ひなた》くさい枯草吊るしたり……」

「ドライフラワーというんですよ、それ」

「何ンか知りませんが、うっとうしいそういうのを鴨居《かもい》に吊るしたり、ヌイグルミをびっしり、タンスの上に並べたり」

それは昔、私もやってたから想像できる。

「あれ、女の子の空間恐怖症ですなあ、少し空いてるとそこを飾りたてたがる、その、パチンコタイプの前の女の子もそうでした」

「前にもいたんですか!?」

「いました」

「その子も、体で話し合ったクチですか？」

「まあ、ね」

「いったい何人いたの、梅本サン」

「何人って、そんな。大したことはありませんよ、でもこのトシですからね。そこそこ、それはいましたよ。僕はソープランドやなんか好かんほうなんで、まだ、パチンコタイプでも、ふつうの女の子のほうがよろしいです」

「フーン」

「ま、それで女の子の通癖について勉強しましたが、その空間恐怖症が衝動になるんですなあ」

「と、いいますと」

「前に坐っとったら、どんな男でも自分のもんにしとうなるらしい」

そんなことがあるのだろうか。

狭さによる空間恐怖症が、「ソノ気」を起させるというのか。

「あぐらをかいたら身動きもならぬ、という狭さです。ぴたっとくっついて酒なんか飲んでるんですからね、膝の上に膝が載ってくる。劣情をそそるようにできてるんです」

私は内心、フーッとタメ息をついた。

椅子に坐ってるのでは劣情はそそりにくいらしい。劣情を起されると拒絶する心組みでいるのに、また、全然起されないとなると、ハラがたってくるのである。

そしてこの男は、こんなことをいってるけど、それは陽動作戦で、実はインポなのではないかと私はわるく勘ぐったり、するのである。

「それに、その子、だらしのない子ォでしてね」

梅本はまたウイスキーをつぎ、氷片を入れる。あんがい強いのかもしれない。

「あの、だらしなさ、というのも劣情を催させますなあ」

私は無口になってくる。

私はだらしないとは、自分のことを思わない。その点からみても、劣情を催させる能力はないらしい。

「僕が、手をのばして、『かめへんやろ』というと……」

いや、この「かめへんやろ」は私にはショックであった。大阪弁では「いいだろ？」というコトバはないので、「かめへんやろ」になるのは分りますがね。この虫喰《むしく》いの内裏雛《だいりびな》のように上品典雅な梅本がいうと、へんに臨場感と迫力があった。

「かめへんやろ、と女の子ォにいうと、『今日は下着汚れてるからいやッ』というんです」

いやー。

まいった、まいった。

「それはナマナマしい」

と私はうなってしまう。

「そうなんです。そういわれると、僕も若気の至り、猛然と、むらむらと、ソノ気になってしまった。体が汚れてる、洗ってない、というより、下着が汚れてるといわれると、劣情をそそられる。どういうもんですかね。キレイに洗った下着をつけてるのよ、どうぞ、といわれると、一向ぴんときません。ソノ気は起りませんが、下着が汚れてる、といわれると……」

「わかった、そこはわかった」

「だらしなさの魅力、というのが、ありますなあ」

「うーん」

「ストッキングを脚でぬぐとか、スリップの紐《ひも》を、肩を動かしてはずそうとか、そういう物うげな、だらしない動作が、男の劣情を刺激《しげき》する」

私はテーブルの下で、片方の脚で、片方のストッキングを脱がせてみようとした。膝下ストッキングなので、できないことはないけれども、そんなことやると両膝を放して、大股《おおまた》びらきになってしまう……。

「コーラコラ、何しとんじゃ、オマエは！」

とまた、隣の窓からツツぬけの罵声。

まるで私のことをいわれたような気になってしまう。

「いや、そういうことをみんなやって、むなしさにつき当りました。結局、こうやって何でも話し合える男女の仲がいちばんです。話が合う仲が最高です。そやから和田サンが僕好きなンです」

しかし、どんなにホメられても私は釈然としない気分であった。

たとえベッドにみちびくつもりはなくても、男がベッドのほうを、一顧もしないというのは、女にとっては、憮然《ぶぜん》たる気分のものである。いかに好きだといわれても、どこか、気のぬけた生ぬるいコーラのようになってしまう。

向き向きについて

1

「おいでやす」で私と与志子は、食べている。

「季節おん料理」の「とことん」へいくほどの資金がないときは、この「おいでやす」である。生ビールにお酒一、二本、それに、冷奴とか枝豆、お茄子《なす》の焼いたん、厚揚の焼いたん、一本百八十円の串カツ、なんてのを食べて、あと海苔茶漬なんかでさらさら、こんなのだと二千円もかからない。安くても材料は新しいし、いかにも男手という雑駁《ざっぱく》な工夫がかえって美味《おい》しいのである。

私も若いときは、こういう、安くておいしい店へ入りにくかった。どうしても小綺麗《こぎれい》なレストランとか、小躰《こてい》なグリルとか、鉢植のゴムの木なんかが飾ってあったり、メニューのある店、赤白格子縞のテーブルクロスのある店へ入っていたのだ。

しかしこのトシになると、名を捨てて実《じつ》をとるのに、

(どこがあかんねん)

と思う。小綺麗な店とか、小躰な店は、小綺麗料とか小躰料とか、取られるように思う。そんなもんを払って自己満足するのはごく若いうちだけのこと、それにおカネを大切にしないうちだけのこと。自活して、オカネの大切さが身にしみ、費消《つか》うときには耳鳴りするぐらい切ない状態になると、わけの分らぬ小綺麗料なんかに金は払えない。

それに、実質的な味をとるようになった。

チャラチャラとナイフやフォークを使って、赤ん坊の離乳食みたいなものを食べていられるか、というのだ。

私には、皿にトローリとひろがる、あの、何とかソースのたぐいがおいしく思えないのである。

これは洋風料理オンチというものかもしれない。

結構なコンソメスープを飲んでも「フーン」というだけだが、「とことん」なんかで「お清汁《すまし》」をいただくと、

(うわッ。おいしーい!)

とひとくち含んではそのたび、躍りあがりたい気になる。

三十一にして国粋主義になるのは感心しないが、昆布やかつおぶしで出した「味」ほど旨《うま》いものがこの世にあろうか?! という気になる。

このトシまでさまざまな味の遍歴をかさね（というほど、たいしたものでもないが、そこはそれ、ハイ・ミスの自由さで、あちこち食べあるきできたのだ）、やっぱり民族回帰というのか、小さいころ食べてた味に帰りつくのは、これは感覚の後退なのか、進歩なのか？

しかも、高価《たか》くなくてもおいしいものがあるのを発見したのだ。それが冷奴や焼茄子や厚揚である。うるめの丸干であり、あじのたたきであり、いわしの塩焼であり、刻み納豆あえのイカサシ――イカの刺身である。

そんなもので酎ハイを飲むとか、日本酒の一合二合やるとかで、大満足ということを、ハイ・ミスともなれば、おぼえちゃったのである。

「おいでやす！」と店員に迎えられ、炭火で焼かれる鳥肉や何やかや、鉄板でジュージューと反《そ》りかえってる、ぶつ切りのイカ、銅壺《どうこ》に漬けられる何本もの徳利なんてのを見てると、

（あー。やれやれ。何が赤白の格子縞テーブルクロスや）

と思う。

（何が鉢植のゴムの木や。何が蝶《ちょう》ネクタイの給仕や。そんなん要《い》らん）

という気になる。

つまり男であれば、社会人一年生になってすぐおぼえる実質的な生活のチエを、女は

社会人十年生でやっと身にしみておぼえるのである。

「おいでやす」には、いまもやはり昔の山村文夫みたいな若いのがたくさん働いている。しかし文夫以来、私は、

（これぞ）

という男の子は発見しない。中に一人二人はいるが、文夫のようにチメチメしたくなるように可愛い、というのはないようである。これは私に若さがなくなりつつあるせいか、それとも近頃の若い男の子の質が落ちたせいか。

当然のことながら私としては、後者のほうの見解を採りたいのである。しかしまあ、それはいい。もう山村文夫の二の舞はしたくない、ただ、「実質的で」安くて旨い「おいでやす」で、与志子と食べ、かつ、飲んでいるだけで、気楽でうれしい。

この店へくる女の子、アベックで、というのはあるが、女の子同士というのはまだないようである。しかしそれもやがて時の間《ま》に増えていくであろうと思われる。現代のモノの考えかたのスピードは早いから、私が十年かかって発見したことを、いまの若い女の子は半分で悟るであろう（もっとも、その頃まで独身でいれば、だが）。

ただ、小綺麗料とか、小躰料とかに払うのはつまらないと発見したとき、女はついでに身を飾ることも「つまらない」と発見してしまいやすい。

パーマが何やねん。

資生堂のクリームがどないした、ッちゅうねん。

そうなってしまいやすいのである。そうして髪はネッカチーフで押え、素顔かくしのサングラス、ズボンのごときものを穿《は》いて、踵《かかと》のちびたサンダルなんかひっかけ、酒でつぶれた声を張りあげ、

「お酒、おかわり！」

なんてミもフタもなくいい、一人超然と舌づつみをうち、半眼を閉じて、

（たっ！　たっ！）

と舌を鳴らして食べる、そんなオバハンになってしまいやすい。

それは困る。

私は、女というものは、いろんな発見をするべきと思い、名を捨てて実《じつ》を取るという発見も絶対重要と思うが、それでも一部分は、実《じつ》を捨てて名を取る、というところは、

（残しとかな、アカンなあ……）

とつくづく思うものである。この際、「実を捨てて名を取る」、その「名」は、

「女」

であるということだ。ずっとずっと前にハヤった歌に、（「こいさんのラブコール」だったか）

〽女であること　ああ　夢みる……

というのがあった。あれは必要やなあ。

女が女であることを捨てたらアカン、と私は思ってるのである。

私はまだ「女であること」に夢も希望も持っているので、「おいでやす」のよさを発見しても、それとこれとは別、という気があり、やっぱりいい女ふうを気取ることは捨てたくないのである。

で、そんなわけで、与志子と飲むときも、なるったけ、上品にみえるよう、少なくとも酔いつぶれたり、ゲタゲタ笑ったり、大声になったり、そういう、はしたないことはしない。

実質的な店で飲み食いするときほど、キチンと上品にしなければいけないのである。

しかし、声をひそめて与志子としゃべってる言葉は、これはそうそう、上品とはいいがたい。

「何さ、あんなスカタン男。あんな奴に、『自立してない処女が最低』なんて、ワルクチいわれんならん理由ないわ、痩《や》せ蛙《がえる》みたいな男に」

与志子はどうやったらこの胸の無念が晴れようかという、煮えくりかえった風情である。

「あんたもあんたやわ。ああいう屁《へ》理屈《りくつ》言いの男やということ、ちょっとでも前にいうといてくれたらええのに、そしたらあたしもそのつもりで会うのに」

ほこ先はこっちへ向いてきた。与志子は梅本が「処女願望はない」といったのに傷つけられてるのである。それにしても「痩せ蛙」というのは言い得て妙である。私は梅本のことを虫喰いのお雛さまといったが、痩せ蛙というのも、どことなく当っていないこともない。

梅本はべつに与志子個人をキライ、といったのではないが、「処女ぎらい」の看板をあげられて、与志子のほうはまるで自分そのものを拒否されたように思うらしかった。

「いや、あたしもずいぶん長いことつきおうてるけど、そんなプライベートな信条まで、たちいって聞いたことなかったよって、知らなんだんやわ。彼がハイ・ミス好き、いうのは知ってたけどなあ」

と私はいった。

「何したかて、あの痩せ蛙はあたし、パスや。あんな失敬なヤツ、たとえ向うからどうぞと頼んできてもいややや」

与志子は怒ってるわりによく食べ、

「ちょっと。天ぷら盛り合せ、一つお願いします」

と注文したりする。

「けど、つきおうてみたら、また信条なんか変るかもよ。気のええ男みたいやし。それにあの料理の上手なこと」

と私はいった。

「ま、そこはあるけど……」

「男の意見なんか、女次第やデ。どうせ、ころころかわるもん」

「かもしれへんけど、……どうもあの男の視線が気に入らんねんわ」

与志子は考えこみながらそういい、イカの塩辛をちょいと箸ですすりこむ。

「視線？」

「ふん。あれ、男の視線とちゃう気ィすんねん」

「男とちゃうのなら、何やのん？」

「同級生風やねんなあ、それも幼稚園とか保育所の、同じ組の子ォが手ェつないでおゆうぎしてる、いう風な」

そこは、たしかにある。与志子も女のカンで、梅本のそんな気分を看破しているようである。

「女を見る、という目付きとちゃうもん。あの瘦せ蛙の目は、あたしを通り越して、何やらうわのそら、という感じなんよ」

そこも分らぬでもない。しかし私はいった。

「夫婦て、そんなもんやない？　一種のクラスメートになるでしょ？　いずれは同級生になるんやから」

「いずれはそうなっても、はじめはやっぱり男と女で出発したいやないの」

と与志子は言い張る。

「はじめは同級生で出発して次第に男と女の仲になっていくのも面白いやないの」

と私も言い張った。

「ま、そういうのもあるかもしれへんけど、あの視線がうわすべりしていく、というのは許せんなあ」

与志子は自分を女としてみとめていない梅本に、腹が立ってならぬらしい。しかしそれは梅本のクセというようなもので、私に対しても視線がうわすべりしてるのだ。梅本は私と二人きりでいて、思わせぶりにベッドをちらと見るようなことはちっともしないのだから。

でもまあ、それは与志子に言わないでもよかろう。

そのかわりに私は冗談ぽく、

「処女がまぶしかったんかもしれへん、あんたのほう見て視線がうわすべりする、というのは」

といった。与志子は笑いもせず、

「ふん、そやねん。言いたないけど、それも考えられるわなあ。処女ぎらい、をいう人に限って、内心は処女願望なんかもしれへん、そこはある、実はあたしも、あの痩せ蛙の偽悪ぶりっこかもしれへん、と考えてるのやけど」

なんていい、打ってかわって満足げである。

そうして運ばれてきた揚げたての天ぷらを食べつつ、

「ふーん。あんたもそう思うのん。『処女まぶしがり』という男の性癖、たしかにあると思うわよ。あたしらが、『独身』と聞いただけで、その男が光ってみえるようなもんかいなあ」

などという。「処女まぶしがり」というコトバなんか、はじめて私は聞いた。

私たちのうしろはテーブル席であるが、私の横の席の客が起《た》ったので、テーブル席からカウンターへ移ってきた男がある。自分で腰がるく生ビールのグラスと箸や皿をはこび、大きな軀つきにかかわらず軽快に動きまわって、

（さて、——と）

という風にビールをいっぱい飲んで、

「今晩は。お久しぶり」

と話のとぎれ目を見はからって如才《じよさい》なく、声をかけてくるではないか。

見ると、いっとき仲よくしたことのある角谷《すみたに》という会社の取引先のオッサンである。

「いつもここへ来はるのン？　いやあ、偶然ですなあ」

と愛嬌《あいきよう》よくいい、

「ビール、いかがですか？　お酒？　酎ハイ？　そちらさんもどうぞ。……ほな、お酒二本、ここへ」

と注文したりして、全くマメママメしい。

この愛嬌よさ、マメマメしさがクセモノである。

この角谷というオッサンは、おしゃべりとマメママメしさで女にもてるのだから油断ならない。梅本が「虫喰いのお雛《ひな》さま」なら、この角谷は「乞食の虱《しらみ》」である。女を、「口で殺す」のである。ムクムクと太った大男で、日焼けして顔の皮の厚そうな、よく笑う奴で、それに笑顔が憎めない。このオッサンは、「いやー、お久しぶり、この頃はウチの若い衆《しゅ》を行かして、おたくの会社へしばらく僕、いってないもんやさかい、淋しゅうてねえ。和田サンに会われへんのが」

なんていったりするが、それは連れの与志子の手前、ちゃんと神経をくばってしゃべっており、昔の関係を匂わせるという、そういうことはオトナだから、さすがにしない。

私は与志子に角谷を紹介する。

「あ、僕はまた、オタクのこと、新入社のＯＬさんかいなあ、思《おも》てました、若《わこ》う見えはるさかい……いやいや、かというて和田サンが老けてみえるというのやおまへんが」

などと角谷のオッサンは早速、口で殺して与志子を喜ばせていた。臆面《おくめん》もなく、そういわれると、女は（阿呆なことを……）と思いながらもダンダン、いい気分になってゆ

くのだから始末がわるい。彼は、

「和田サン」

といって私にお酒をつぎ、

「あんた、なんでそう、ますます綺麗にならはりますねん」

「いやーッ。もう。見えすいたこといって、歯が浮かないですか」

「気分が浮き浮きしますがな。和田サンに会《お》うて。それに、いずれ劣らぬ、いうのか、綺麗な人が二人揃うていやはるのやさかい、店じゅうが光ってる。稲光りというのはあるけど、店光りというのはオタクらのことや」

角谷は体を乗り出して与志子に向い、

「失礼でっけど、まだオタクはおひとりでっか」

「そう」

「独身主義」

「とんでもない」

「へー。勿体ない。そんな美人が!?」

角谷のオッサンは濃い睫毛にふちどられたどんぐり眼をむき、大げさにびっくりしてみせたので、与志子はよい機嫌で、何だかついでに、〈アタシ、それに処女よ〉といいたそうな顔であった。

2

門限のある与志子は「おいでやす」を出るとすぐ帰り、私と角谷はしばらくそのあたりを歩く。しかし歩いてると、オッサンの巧妙なる話術にひっかかって、そのへんのホテルへ入らないといけなくなる。私は「テリトリー」へ連れていってもいいな、と思った。

角谷のオッサンは、女好きな男によくあるように、煙草もやらず、酒はホドホド、ギャンブルもやらない。ひたすら、舌先三寸で女の子をくどくのが生き甲斐という人である。

だから、バーへいくよりもホテルへいったほうが、という男であって、

「ホテルにもお酒がおまっしゃん」

などという。にこにこして揉み手しつつ、

「久しぶりやし……」

「久しぶりやから、いやなのよ。ズーとつづいているもんなら仕方ない、ってことあるけどねえ、――いっぺんとぎれたらもうダメです」

「しかし、僕のほうは寝た子ォが起きてしもた」

「そっちの勝手やないの」

「ようそんな殺生な。起きた子ォを寝さしてくれな、こまりまンがな。あんたの責任や」

「そこまで面倒見られませんよ」

そんな冗談をいいつつ、それでも抛りすてていかないで、二人でぶーらぶーらと、道《どう》頓堀《とんぼり》をあるき、人波にもまれ、千日前《せんにちまえ》からぐるりとまわって法善寺《ほうぜんじ》横丁《よこちょう》へ抜けたりしているのだから、私の気持もわれながらわからない。

もっとも、私はこのオッサンが、いまも嫌いではないのである。嫌いに徹していたら、とてものことに連れ立って歩いたりできない。それに、一時《いっとき》にせよ、仲良くなったり、しなかったであろう。

しかしもう、そういう関係になる気は、さらさら、ない。

この角谷は、もちろん妻子もちで、大きい子は、神戸の大学へいってるそうである。下は中学生だといっていた。心やすくなると、自分のことを「ワシ」という。

〈ワシのようなもんにも、三人の子ォが持てた。ありがたいこっちゃと、時々思うことがおま〉

といったりする不思議な男である。妻子と家庭を愛しているらしい。しかしその愛情と女の子をくどくのは別ものらしい。

それはオッサンの趣味らしく、ゲームを楽しんでいるという気味がある。

しかも角谷の面白い所は、「僕と寝たら、そらゼッタイ、楽しいねンから。請合《うけあ》いま」

などと保証するところである。昔、私は、

〈愛情もないのに女の子、くどいていいんですか〉と咎《とが》め立てたことがあった。すると角谷はびっくりして叫んだ。

〈そら、愛情おますがな。ないのにこんなこと、でけますか〉

〈しかし結婚もしないで……〉

〈愛情あるさかい結婚しまへんのや。僕らみたいに、金持でもなし、若《わこ》うもない男と結婚なんかしたら、若いオナゴはんは気の毒や。それ思えばこそ、ほん、ちょこッと、責任のないトコで済まそ、という……。愛情なかったら、これ、結婚してまんがな〉

へんな論理であるが、この男のくせは、あんたでなければならぬように、口をきわめてくどきたてるところがあり、それに昔の私は、ほろりとしたのである。

いまの私は、どうかというと、

(愛情があるから結婚しない)

というオッサンの哲学にすこし共鳴している。

それに、そういう関係をゲームのようにみるセンスにも、

(わるくない)

と思ってる。

しかしそう思うのと、実際にまたゲームをはじめるのとは別である。

私はもう、ゲームを再び角谷とはしないのである。しかし、だからといってすぐ「サイナラ」といいたくない。

こういうオッサンでもよい、身のまわりに浮游《ふゆう》して、私の耳もとへそめそめと、くどき言葉を流しこんでくれてるのが、キモチイイ。

(寝た子ォが起きてしもた)

とか、

(ホテルにもお酒がおまっしゃん)

とか、

(僕と寝たら、そらゼッタイ、楽しいねッから。請合いま)

なんていってくれるのが嬉しい。山村文夫みたいに若いものは、思う通りにならないと、急に腹を立てて「オバン」と毒付いたりするが、さすがに角谷のオッサンはそんな浅薄な様子はみせず、にこにこして、

「こう暑うては歩くのもたいていやおまへん。涼しいトコへいきまひょ」

と飽きずくどきつづけるのである。

「暑けりゃ、ここで涼みません?」

私は相合橋《あいあうばし》へ出て、道頓堀川の夜風にあたる。噴水が出ているので、それにネオンが映え、夜は美しくみえる。ただこのあたりは酔っぱらいが多いので、女ひとりでゆっくり涼んでいられない。ムクムク太った大男の角谷がいると安心である。

そういうところも、私がすこしこの男に気をゆるしている理由である。このオッサンはわりに頼もしく、ややこしい事態がおこれば身を挺《てい》して女を守るという、古風なところがありそうで、そこも今どきの若者とは、風格がちがう。

しかし、だからといって寝る気はおこらない。

そのくせ、踵《きびす》をかえしてさっさと去る気にもなれない。

オッサンのくどきを聞いてるのだけがキモチイイという、この矛盾した女心。

「ともかく坐るところへ、早よ、いきまひょや」

と角谷はいい、ちょうど「テリトリー」のある路地の近くである。私は店へ案内した。

ここはママが一人でやっているが、たてこんでくるとよくしたもので、客の一人二人がカウンターの中へはいって手助けする。ちょうど若原雅子がカウンターの中へ入って、ママの代理みたいに、

「いらっしゃい」

なんてやっていた。

私と角谷は席をつめてもらい、やっと端っこに坐る。一ぱいめの水割りを飲むか飲ま

ないかで、角谷は私の耳もとへごちょごちょと、

「坐るところへ来たから、こんどは横になるとこへいきまひょや」

根気のいいのに呆《あき》れてしまう。

「まあまあ、ごらんなさいよ、こんなイキのいい、ピチピチ新鮮ギャルがいっぱい、いる、この雰囲気を楽しんだらどう？」

と私はいう。ま、実際をいうと、新鮮ギャルとはいっても、若原雅子といい、ちょうど来ている城崎《きのさき》マドカといい、そのほかの女たちもママも、みな三十代か四十代、というところなのだけれど、何たってみな、イキのいいことは請合う。

といっても話題はいまや、「女の子もこの節は酒代《さかて》がかかる」というようなたぐいの話で、

「あたし、月に四、五万は飲んじゃうわ」

「あたしは四万どまりかな、でもつい羽目はずすと五万は出るかな」

「あたしは男に奢らせる」

「その男が飲まなくなったからねえ……飲もうと思うと、こっちが誘うことになる。あほらしいから、つい一人か、女同士でワリカンで飲むわね」

「はしご酒がやめられへんのよ、アタシ」

「あ、あれはクセになんのよ」

「はしごホテルもクセになるかな」

「死ね、阿呆」

と、にぎやかなことだった。

「ああ、ええ匂い。ええ雰囲気ですなあ」

角谷は女の声の聞えるところでは、イキイキしてくる男のようである。

「それにつけても、和田サン。ねえ、ねえ、ふんわりと、何となく、さりげなく、あっさりと、気さくに、飄然《ひょうぜん》と、寝まへんか」

決してあきらめない奴である。

3

「あゝた、角谷《すみたに》サン、いくつになったん？」

と私はおつまみの枝豆を指でとりつついう。

「僕、四十九だんにゃ」

角谷のオッサンの特徴として、まだ寝ないうちは「僕」といい、寝たあとは「ワシ」というのを私は発見している。ずっと前、そういう関係になったとき、角谷は、

〈和田サン、なんで帰らはりまゝね？〉

と聞き、これは帰途の乗物のことである。

さ〉

〈ワシ、車、四ツ橋のモータープールにあずけとりますよって、梅田まででも送りまっさ〉

などといっていた。そしてその次に会うとまた「僕」になってるが、寝たあとは「ワシ」になる。どうやらそれは無意識にそうなるらしくて、何かのからくりみたいに、バタリバタリと彼のうちでオートマチックに入れ替るらしいのだ。

しかしそれは私には不快ではない。

いっぺん寝ると角谷はほんとにやさしいところがあるので、彼の感覚では相手の女が身内のようになり、ナアナアの感じで他人行儀にはなれないらしい。

あるいはその「僕」と「ワシ」は空間的感覚によるのかもしれない。広いところでホカの人がそばにいるときは「僕」になり、狭い密室で二人きりになるとバタリと「ワシ」になるのかもしれない。

自動ドアのように心の中のドアが開いて、「僕」が入るとおのずと入れ替りに「ワシ」が出てくるのであろうか。

私は父が亡くなって久しいし、兄もまだ「ワシ」というトシでもないので、角谷の「ワシ」を聞いたときは、何ていうのか、新鮮にひびいて面白かったのであった。もっとも、使用前使用後に変るのはわかるが、使用中は何といっていたか、思い出せない。彼のことであるから、その最中もひっきりなしにしゃべっていたのはまちがいないが……。

久しぶりに会ったのだし、まわりに人もいるので角谷は「僕」といっているが、おかげで私はオッサンのくせを思い出したのであった。

「四十九にもなってですねえ、まだそんなことといってるんですか」

私は涼しいウイスキーの水割りをすすりつつ、小声でいってやる。

「そんなことて、どんなことでっか」

「手当り次第に女の子くどくことです」

「手当り次第になんかしてまへん。和田サンやさかいや。それに四十九やからこそ、女の子くどく。四十九なりゃこそ、女の人のすばらしさが分る。四十すぎて人間ははじめてモノになりまんねん。ことにこの、四十九、いうトシがよろしおます。やっと男のよさが出てくる。男のよさが出る、ということは、女のよさが分ることや。二十代や三十代の男では、女のよさはじっくり分りまへん。五十代になっても分らんやろうなあ。四十九、という、このトシがわかりざかり」

私がひとことというと、十言ぐらいかえってくる。

お酒は強いほうではないのでちょびちょびと水割りをすすりつつ、上機嫌でしゃべる。この、上機嫌というところも、この男の特徴で、にこにこして、

「ああしかし、嬉しなあ」

と叫ぶ。

「『おいでやす』でばったり会《お》うたときは夢か、思うた。会いたい会いたい、と思《おも》てたこっちの気持が通じたんやな、と」

「うそいいなさい、あたしのかわりに誰でもよかったんちゃう？　ばったり会うのは」

「そんなこと、おますかいな、僕はもう、和田サンのドツラが見とうて」

と角谷は笑った。

「いつも夢に見とったさかい、幻が出たんか思た」

「よういうわ。みんなにそういうてる」

「ちゃう、いうてんのに。僕の気持わかりまへんか。ほんまに惚れとりまんねや」

このごろバー「テリトリー」にもカラオケがはいってきたので（ママはぎりぎりまで抵抗していたのだが、客の女の子が承知しないのである）、誰かが、

「いこか。ぼちぼち」

とやり出した。「サントワマミー」である。

女の子もカラオケ好きの子はなかなか聞かせる。それに越路吹雪の歌をうたう子も多いので、キャリア・ウーマン向きで愛想のない「テリトリー」の店内が頓《とみ》にロマンチックになってしまう。

私は内心の本音をいうと、横にいるのが角谷のオッサンなのが残念であった。

なんでこんなオシャベリのオッサンなんかに、

(つきまとわれンならンねん)

という気がする。

スカーッとした男がいそうに思うのに。しかしオッサンはやさしいのだ。私の手にそーっと自分の手を重ね、

「ああしかし、僕の四十代最後の栄光でしたな、和田サンのことは」

なんていう。

「和田サンのトシ恰好といい……」

「あたしのトシなんか知らないくせに。会社の子ォに聞いた?」

「聞きまへん。けど大体、想像つく。二十七、八? 僕、そうにらんでま。またそのくらいのトシが、いちばん綺麗でよろし」

「若いのはだめ? 若い子にはまたそういうんでしょ」

「若いのは旨味《うまみ》がおまへん。綺麗な丸太みたいなもんで、色気のないのはどうしようもない。色気もないし、羞《は》ずかしげもない。ラジオ体操してるみたいや。どうかすると掛声かけたり、笛吹かれたりされそうで、エアロビクスいいまんのんか、ついでにハダカでそれやる子ォも居よりまっせ」

「おやおや」

「という話も聞きました。僕のことやないけども。――ともかく、話は合わへんし、どうしようもない。かというて四十ぐらいのトシでは神々《こうごう》しすぎてロマンがおまへん。やっぱり僕は何ちゅうたかて、和田サン。肌も心もしっとりざかりの和田サン」

いま、カラオケは「ラブ・イズ・オーバー」で、これは若原雅子がうたっていた。みな遊び人だから巧いのである。いい気分に乗せられてくる。

しかも角谷は私の手をぎゅっと握ったりして、

「僕、いつもおぼえてま」

大阪弁の特徴で、「何々してます」という所を「してま」で切るのだが、それもこの男がいうと愛嬌よく聞かれるのである。

「何ちゅうたかいなあ、あしこの、ミナミのホテル。えらい夕立で雨やどりしよう、いうて映画館へ入るつもりが、ふいっと隣のホテルへ間違うてはいってしもた、あの入口がまちがいやすいからいかんのや」

「『青い城』」

とつい、私は言ってしまい、二人で笑う。もちろんホテルは間違って入ったのではなく、そのつもりで入ったのであるが、映画館へ入るつもりやった、というのは二人の口実で、そういう所は実によく気が合う。入ってから、

〈あれ、ここ映画館ちゃうのん？〉

と私がわざと部屋を見廻していると、

〈おかしい！　この頃は個室で見せるんやろか〉

と角谷も応じたりして、

〈寝ながら見るようになってる。最新式の設備でんな〉

なんて言い合ってどっちもゲラゲラ笑った。

〈風呂つきの映画館なんて知らんわ、あたし〉

と私はまだ冗談にして笑ってたら、お風呂から出てきた角谷のオッサンは備えつけのホテルの浴衣に着更えていたが、大きな男なのでつんつるてんで、毛脛《けずね》や太い腕がむき出しになっていた。胸毛はないが、厚そうな胸板がはだけた浴衣の衿元から見えて、それがポキポキと指の骨を鳴らしながら、

〈映画館や思てたけど、実演つきらしぃおま〉

なんて寄ってくるのだから、いっとき私はギョッとして、年甲斐もなく、

（こわッ！）

とおびえてしまった。ネクタイやワイシャツでかくされてる男の野性味がモロに噴き上ったという感じで私は狼狽《ろうばい》したのである。男というものがむくつけく、たけだけしいものだとはじめて知らされて、私はあわてふためき、

（……こんなん、違《ちや》う、話が違う）

という感じになり、そそくさと、
〈ちょっと、この映画館気に入らんさかい出るわ〉
と立ちあがったら、角谷はべつにあわてもせず、
〈へ、出まひょ。そやけど、ちょっと待っとくなはれ、咽喉《のど》かわいたさかい、コーヒー牛乳でもないかしらん〉
と冷蔵庫をさがしていた。酒やビールでなくてコーヒー牛乳というところが、このオッサンらしいのである。
二人でコーヒー牛乳など飲んでいると最初のショックも薄らぎ、そのうち、どうせやから風呂ぐらい入っていったろか、という気になり、出てみると角谷はテレビなんかつけて見ていて、手持ち無沙汰《ぶさた》のようであった。煙草もやらないからこういうときに無《ぶ》聊《りょう》に苦しむ風である。だから私が宿の浴衣を着て出ていくと、らんらんと目を輝かせ、飛び上って、
〈きれいなあ、和田サン、きれいや！〉
と叫び、
〈惚れてまんねん、ほんまに、男の純情だす。前からあんたに惚れとったン！〉
とその太い腕と厚い胸の中へ私をぎゅっと抱きしめるのであった。

4

あれがいかんかったんや、と私は思っている。女の子の中には、実際的に寝るより、ただぎゅっと抱きしめられるだけで、かなり性的充足感をおぼえるという子がいるが、私も少しそんな気味がある。それに現代では抱擁という愛のポーズはあまり行なわれぬようである。男が精神的小柄になったのか、女の子をぎゅっと抱きしめてくれる、という器量がなくなってしまった。

角谷のオッサンはそういうとき、人生キャリアのせいか図体の大きいせいか、とても貫禄《かんろく》があったのである。そうして、女の子はいたわらなければいけないもの、かよわいもの、というふうに扱い、ロマメでやさしいので、ついほだされてしまう。

といって彼が女の子のために、金を使うというのではない。使うのは舌のほうである。あの晩だって彼がそのあと奢ってくれたのは屋台のタコ焼きである。一舟ずつ買って橋の上で食べ、それでも私は彼を「しぶちん」だという気はしなかった。私と二人で食べながら、ほんとに嬉しそうにして、

〈ワシなあ、いよいよ和田サン好きになりましたわ〉

といい、私が梅田から電車に乗るのを、

〈気ィつけて帰りなはれや、気ィつけてな〉

といつまでもあとを見送るのであった。

そういうベタベタ主義は、元来、私の取らないところなのに、角谷に限り、いやじゃないのである。よっぽど女というものは、男のやさしさに飢えてるらしい。そんなやさしさがいくら集ったって現実には何のつっぱりにもならぬものなのに、ちょっとの間だけでもイイキモチにさせられる、ということであろうか。

ところで角谷と会うと、いつもそのホテル「青い城」の話になり、思わず笑ってしまう。共通の思い出をもつというのは、男と女の仲にはちょっとしたことである。しかも二人で笑ってしまえる思い出というのは……。

角谷のオッサンがトイレに立つと、若原雅子がつと近付いて、

「あんた、何やの、あんなオジンひっかけて。あたまなんか胡麻塩《ごましお》やないのさ。えらい渋いのが好みやねえ」

といった。

城崎マドカが、酒に濡《ぬ》れてゆるんだかわいらしい唇で、すこしろれつもあやしく、

「でもあの人、重そう。あたし、男の人は重いのが好みや。若い子ォは軽うていやや」

などといい、これは酔うと少し色魔ふうになるので、何をいうかわからない。

「それはそうと、ウチのうどん安珍が、さ」

と若原雅子は恋人の坊さんのことをいった。

「実家の丹波のお寺が、こんど精進料理はじめたんやて。それで都会のＯＬにも来てもらおうという希望で、いっぺんお味見してほしい、いう話あるねん。いけへん？　泊れるそうやから、夏の休暇にみんなで行こやないの、日帰りもできるけど。お盆前後は、お寺は忙しいから、それをはずして」

「うん、行ってもいいね、お寺さんのお料理って、たいていおいしいから好きよ」

「男の子もいたほうがいいな、夜、お酒飲むとき楽しいやないの。和田サン、誰か連れてらっしゃいよ、あのオッサン？」

「とんでもない」

そこへ角谷が帰ってきた。もらったお絞りでついでに顔も拭き、

「さ。いきまひょか」

というのである。

「どこへ」

「どこて、きまってまっしゃん」

「ほんまにそのつもり？」

「ほんまですがな。そや無《の》うてなんで今までしゃべりづめにしゃべってまんねん。あんたもなんで聞いてはりましてん」

それをいわれると、ちょっと困ってしまう。

もうオッサンといく気もないのに、なんでじーっと坐ってくどきを聞いてんのか、オモシロイから、というたったら、怒りよるやろか。

まんざら角谷がきらいではないのだ。城崎マドカがろれつも怪しく「男の人は重いのが好み」といっていたが、角谷のそばにいると、芯熱《しんねつ》のあるように暖かい体や、広い胸や、太い腕の感触がよみがえり、それは好もしくさえある。しかし、もう、オッサンのやさしさをむさぼってもしかたない、という気がある。

「昔は、先がまだまだある、まだ人生の序曲や、と思うてたからねえ……いろいろ試してみよ、という好奇心があったんよ」

私はウイスキーのグラスの縁を唇にあてていう。

「でもいまはちがう。何や、先がもう、あんまりない、という気ィしてきた。そうなると好奇心だけで動かれへんねんわ」

「好奇心。それは大事なこってっせ」

角谷は私の話のうわべだけをすくって叫ぶ。

「好奇心を満たしたげます。請合いま」

「ちがう、ちがう、あたしはねえ、いまちょっと、建て直してんねん、人生を」

「いつ改築できまんねん。いつまで待ったらよろしねん」

と角谷は丸い眼を瞠《みは》っていい、

「本格建築を待つ間、仮建築のとこでちょこっと……」

「そんなん違《ちゃ》う、いうたら」

山村文夫のときと同じく、きちっと言わないと、角谷にも通じないようであった。

「あたし、ベッドを買《こ》うてんよ、マンションに……」

「そんな気ィ遣《つこ》てもらわんかて、ええのに……」

「何もあんたのためにしたんちゃう。ベッド買うたんは結婚しよう、思《おも》たから」

（あんたのように胡麻塩あたまのオシャベリの中年男でなく、スカッとした独身男と……）ということは、まあ、言わずにおこうか。

「結婚。そら、よろし。どうぞどうぞ。しかしそれとこれは別でっしゃないか。なんのために生きてまんねん」

「なんのために生きてんの？」

「たのしい思いをするため」

「うん、ねえ……」

と私は屈託があるのだ。

いまこのオッサンとどこかへまた出かけて「たのしい思い」をするのは簡単だが、

「ちょっとわるいけど、角谷サン、あたしもう、結婚でけへん間柄では満たされなくなったのよ」

「はて」

と角谷は考えこむ。そうして、

「結婚したら満たされると思いはりますのんか」

「そうやない？」

「そんなこと、おまへんで。よけい不満が出てくる。腹も立ったりする。満たされりゃええ、ってもんでもない。それより、ね、僕と和田サンみたいな束縛ない間柄がいちばんたのしい。やさしい気持でおれるし。あんた結婚してみなはれ、夫婦の仲は駆引《かけひき》でっせ。謀略戦でっせ。外交能力にかかってまんねんデ。そやからこそ、僕は和田サンひとすじだす」

そこへ城崎マドカがグラスを捧《ささ》げてやって来、角谷のとなりに坐ろうとして腰をおろしそこなって尻餅《しりもち》をついてしまった。グラスが割れて、

「チ、チ、チ。痛《いた》。少し酔っぱらったかな」

とマドカはいい、指を切ったようである。カラオケに合せて、うしろの壁際で女二人が踊っていたが、まっ先に抱えあげたのは角谷である。大きな図体の割にそういう時は腰軽い。

「大丈夫でっか、あ、濡れましたな。あ、血ィ出てる。なに、ほんのちょっとやから、ママ、バンドエイドおまへんか」

と全くそのあたりはまめまめしい男なのだ。

「大丈夫でっか、おうちどこです。駅まででも送りましょか」

「地下鉄の心斎橋《しんさいばし》まで連れていってくれる？」

「よろしおます」

「あんた、何キロあるの？」

と城崎マドカはうっとりと角谷を見上げていた。角谷のオッサンは私にトシをきかれたときと同じようににこにこして、

「七十キロだんにゃ」

と答えている。

「和田サン、待っとくなはれな、送ってすぐ帰ってきますよって」

と角谷はふりかえりふりかえり、店を出ていき、若原雅子は私にいった。

「マドカと一緒に出ていくと危いんじゃないかしら、和田サン、いいの？」

「どうってこと、ないのよ、あんなオジン」

しかし、あの角谷は女の子みんなにやさしいのは私も知っているので、どうなってるかわからない。

べつに嫉妬《しっと》しているというのではないが、いまのいままで、私をくどいていたのに、べつな気がかりができると、ササッとそっちへ手を貸すという、足さばきの軽いところ

が少し腹立つのである。

私はもちろん待っていられなくて出て来た。

一人で電車へ乗って帰る。

そうすると角谷の誘いをことわったのが残念なような気もしてきた。しかしマンションの五角形のような部屋へ帰って、シャワーを浴びたり、テレビを見たり、なかんずくベッドへ大の字になって寝てみると、

(やーれやれ。行かなくてよかった)

という気になり、後悔することがわかってることは、やっぱりしなくてよかったと思うのであった。

しかしそれならさっさと帰ってくれればよかったのだ。山名与志子のように「おいでやす」からまっすぐ家へ帰ればよいのに、うかうかと何時間もうろつき、一緒にいるとはどういうことであろう。

またそのくせに、城崎マドカが角谷と店を出ていったときは、

(何だ何だ！　女ならみなに親切にする奴だ！)

と、角谷に対してハラが立ったのだ。

すべて矛盾してる。

ハイ・ミスというのは、矛盾の代名詞である。

ただし、

「満たされない……」

という思いはホンマのことである。角谷が、

「満たされりゃいいってもんではない」

といったのも、ホンマのことであろうけれど。

翌日は日曜である。

おひるすぎに私はふと、山村文夫のところへ電話してみようと思い立った。若原雅子のいっていた、うどん安珍の寺へ、山村文夫を連れていったらどうだろう、と思いついたのだ。

「テリトリー」の常連に紹介はしてないけど顔馴染みだし、それに何たって私は、文夫がキライではないのである。

文夫はいま親の家にいる。

電話には長いこと誰も出なかったが、やがて老けた女の声が出て、これはお母さんかもしれない。私はかわいく声をつくっていった。

「文夫さんいらっしゃいますか」

「文夫は出ていきましたが。さっきお電話頂いたかたですか、あれからすぐ出ていきましたよ」

私、電話なんかしてない。してみると文夫のヤツ、女の子に電話で呼び出され、イソイソと出ていったらしいのだ。

(何だ何だ。そんな気かァ。今に見てろ)

ふしぎや、私は文夫に裏切られたような気がしてきたのだ。理不尽なことであるが、なぜか文夫が私にワルイことをしたような気がする。

それはつじつまの合わぬことで、このまえ文夫が来たとき、私は追い返したのに。呆然《ぼうぜん》として、窓を開けると、またもや口の悪い講師がどなってるのだ。

「オマエら、アホじゃ、カスじゃ、死ね！　とんま！」

ちっとはいつもと変ったことがいえるといいのに。

今日は日曜の昼だというのに、どういうわけか、いっぱいに受講者が詰めている。私はカッとなって窓をいっぱいに押しひらき、

「やかましいわねえ！　静かにしてよ！」

とどなった。

窓際の生徒たちがびっくりしてこっちをみる。

今まで私の窓のほうから声を出すことはなかったので、どうなったのかと度肝をぬかれたらしい。

向うの口の悪い講師は私に気付かず、

「よう聞けよ、オマエらな……」

とつづけていた。

かなり自分の声が大きいので、私の叫びなんか耳に入らなかったらしいのだ。白いワイシャツに黒いズボンという学生っぽい身なりであるが、色黒のいかつい顔で、タチのわるい不動産屋、という第一印象はやっぱりある。

「もっと小さい声でやったらどうなの？　近所迷惑ですよ、静かにして下さい！」

私はまた叫んだ。男は講義をやめてこっちを見た。

私が何をしゃべってるか、理解できなかったみたい。視線をもどして、

「つまりやな」

とつづけようとするので、

「やかましいったら！　アホでカスでとんまは、あんたのことです！」

と私は叫び、窓を閉めてすぐカーテンを引いたので男がどんな顔をしたかわからない。

5

夕方前、お袋がやってきた。

お中元でもらい物のサラダオイルの缶、焼海苔の缶、ビスケットの残り物を空き壜に

つめたもの（これも頂きものだが、食べてみるとあんがい美味《おい》しかったので、私のためにのけておいたよし）、それと、弟夫婦、妹夫婦の噂話、同居している兄夫婦への批判、パートで働きにいっている、さる医院の内情、市の婦人クラブで習っている民謡おどりの写真、それら、あらゆるものの上に、グチと自慢をふりかけて手みやげにして持ってきた。

お袋に会うのはなつかしくはあるものの、どこか、迷惑な一点もあり、

（運転中、話しかけないで下さいッ！）

という気になるのは、どうしてであろうか。

私はいま、注意力集中をことさら求められる急カーブを、けんめいにハンドル切って運転している最中なのだ。さよう、ハイ・ミスの人生というのは急カーブの連続なんである。

一瞬目を離したり、心にスキができたりしたら、崖《がけ》っぷちから転落してしまう、というところがある。

これが五十くらいのハイ・ミスともなれば急カーブもめぐり終え、あとは坦々《たんたん》たる田舎道の、あたりの風景など楽しみつつ運転できるであろうが、三十一のハイ・ミスはまだ修羅場《しゅらば》である。

横に坐った人間に、べちゃくちゃ話しかけられたり、

（食べる？）

などとチューインガムを口に押しこまれたり、

（冷房、強《きつ》いんじゃない？）

などと膝へ、コートなどかけられたりしたら、かえってわずらわしい。邪魔である。めまぐるしく消えては現われる急カーブを、もし曲りきれなんだら、

（どないしてくれるねッ）

というところがある。抛《ほ》っといてほしい。

お袋の情けは、ハイ・ミスにとって、タテマエとしてはありがたいが、実はありがた迷惑なのだ。ハイ・ミスの欠乏感は、肉親の情愛では充《み》たされない。これで病気にでもなれば心弱って、お袋を呼び出したり、妹に、

（たのむわ、昨日から食べてへんねん……）

などと電話をするかもしれないが、いまの所、健康な私は、肉親はハイ・ミス道《どう》にいそしむ自分には邪魔だと、内心、薄情なことを考えているのである。

それにまた、私のほうは、

（あえかにエレガントなイイ女）

と思っているのに、そこへ遠慮もない大声で、

「やれやれ、五階なんてトコによう住んでるわいな。汗だくになってしもた……」

とあらわれた初老、三段腹の、髪を染めて不自然に黒々とさせたお袋。これがよく見ると私に似ていて、あえかな女もイイ女も、およそそんなイメージは、ふっとんでしまう。

肉親というのは現実そのものである。

しかしハイ・ミスというのは夢そのものなんである。

ハイ・ミスと肉親は両立しないのだ！　私には大発見である。もし、この両者に関係があるとすれば、ハイ・ミスは肉親によって哲学的発見を強いられる、という一点である。

「けったいな形の部屋やなあ」

とお袋はまずいった。肉親は現実そのものだから、決してロマンチックな幻を語ったりしないのだ。お袋はくまなく見て歩き、

「これで家賃なんぼ？　やっていけるのかいな……あっ、まあ、オモチャみたいな風呂。まあそれでも、一人やったらこれで足るわなあ。風呂とトイレと一緒についてるのやな。外国式やなあ、でもまあ、一人やよって、これでえことやな」

いやに一人一人を連発する。私だっていつまでも一人じゃいませんからねッ！

「大きなベッド買《こ》うて。もっと小さいもんのほうが部屋が広うてええやろうに」

とお袋はベッドにまでケチをつけ、心なしかベッドも肩身狭く、小さくなったように

思われた。ベッドとお湯の出るバス（風呂ではない）がなければ、自立したいい女にはなれないと思っている私は、お袋とますます意見が違うことをみとめざるを得ない。

「そうそ、もう一つ、あんたに持って来てあげたもんがあった」

お袋はキッチンの椅子に「どっこいしょ」と腰おろし、

「畳の部屋と違《ちご》うて坐ることもでけへん」

と文句をいいつつ、別の袋から何か臭《にお》うものをとり出した。

「これ、漢方薬でな、いまから服《の》んどくと体の調子がようなって、更年期障害がかるい、っていうから……」

「いやよ、そんなの。更年期なんてまだまだ先やないの」

「そういうても、今日び、四十二、三から更年期になる人はあるから。あかりももうすぐやないの、体さえ丈夫やったら、どないしてでもやっていけるんやから。このオ母チャン見てみなさい。皺《しわ》一つあらへん。みなに丈夫や、いうてほめられる。この頃、この漢方薬、服んでますのや」

私は、不吉な想像がわき起る。母と同じトシになった私が、いまだに独身で、休日の朝静かに漢方薬を煎《せん》じて、

（皺一つあらへん。みなに丈夫や、いうてほめられる……）

とうっとり、自己陶酔してる姿である。

「あんたは独りもんやから、体のことだけは気ィつけな、あかん」

お袋としゃべってると限りなく滅入ってしまう。

「これは五種類の漢方薬を、きまり通りの目方で混ぜるんやけど、あんた忙しいよってに、とてものことに目方計って混ぜてられへんやろ思《おも》て、一回分ずつ作ってあるさかい、これをヤカンで煎じて服《の》みなさい。何も、にがいことはないんやから。お茶がわりに服んだらよろし。肌も綺麗になるし。オ母チャン見てみ」

見たくない。そう綺麗とも思えないのだから。しかしお袋の愛、これはホントいうと出家遁世《とんせい》する修行者のごとく、足蹴《あしげ》にしてかえりみず去ってゆく、という、ハイ・ミスにとってはそういうたぐいのもの。

お袋の愛は、ハイ・ミスをイキイキさせるよりも意気銷沈《しょうちん》させるのである。

しかし、といって勿論私は、お袋のせっかくの漢方薬を窓から投げ捨てたりはしなかった。十なん年先の更年期にそなえ、今から、早速、一服煎じさせられてしまう。

「ここやデ……そのへんで弱火《とろび》にしてぐつぐつ煮出して。おクスリ用のヤカンは別にしときなさい。匂いがつくかもしれへん。火、止めて！　煎じたあとのは捨てなさい」

そ。そ。

この、命令形がいやなのね。

男に命令されるのは相手により、いやじゃないけど、お袋にもう命令されるの、いや。

世の中には男も女も、いつまでたっても親爺《おやじ》やお袋のいうままになってるのが多いようであるが、私はいやである。それでいて、なぜか、いや、ということをいえないから困る。

だからお袋との関係は何となく、あいまいな、どっちつかずのものにならざるを得ない。

オ母チャーン！　とこだまのかえるほど呼べないのである。お袋には相応に情愛も持っており、長生きしてほしいとか、喜ばせてやりたいとか、思うけれども、いま私がいちばん大きな関心は、自分の人生の核になるもの、結婚とか、男とか、なんだもの。国民の九十九パーセントが結婚する、という日本にあっては、一人生きぬくというのは、たいへんなプレッシャーで、お袋の情けも、

（ええいッ、離せ！）

といいたいところがありますのだ。

それでも結局、私はお袋と煎じグスリを服《の》みつつ、ビスケットなどつまんだりし、帰るお袋を駅まで見送りかたがた、私もついでに買物に出ることにした。日曜の買物は一週間分の買いだめで、わりに大がかりなのである。

お袋を帰し、スーパーでどっさり買いこんだ私は、早くもエレガントないい女ふうで帰ってくる。

6

やーれやれ。

花の三十一。いまから皺だの、更年期障害だのといわれたら、どうなるのだ。

こういうとき大阪では、

「げんくそわるい!」

というのである。

私はまがまがしい不景気風を吹っとばす如《ごと》く、足どり軽くショッピングカーを曳《ひ》いて帰る。牛肉豚肉から、野菜、缶詰、果物などをシッカリ買いこむ。魚とか豆腐というのは、今夜と明日の弁当の献立で、従ってアシの早いナマモノが、いつも日曜の食事になる。

バスを降りてマンションへいく道すじの四つ角に、粗大ゴミ捨て場があるが、今日はいやにたくさん積みあげてあった。

私は白いパラソルを傾けて眺めた。まだ充分イケるキャスターつきのワゴンやら脚が一本取れたソファ、塗りのはげたテーブル、など、おびただしく集められている。引っ越しでもした家があるのであろうか。——あたりには人影は見えない。私は近寄ってソファを調べてみた。焦茶色の布が張ってあるが、どこも破れていず、ふっくらしている。背もたれと坐る部分だけで両袖のないもの、ちょうどコーナー二つのまん中に置くようになっているらしかった。まだ新しい。

私はあるインスピレーションが閃《ひらめ》き、

（これだッ）

と思った。これはイケる。

これをもらう。マンションへ持ってかえろう。

私は夢中になってソファを持ちあげた。

そんなに重くない。しかし、いかにもかさばるのだ。ショッピングカーを曳いていなければ引き摺《ず》って帰るのだけれど……。ここに置いとくと、誰かがすぐさま持ちかえりそうに思え、私は少しずつ引き摺っていくことにした。こうなると欲が私を力持ちにするのである。

左手にショッピングカーを曳き、パラソルはその中につっこんで、右手でソファをつかんで引き摺っていく。向うから人が来るようだが、もうかまっちゃいられない。私は物欲の鬼と化している。汗が噴き出すが、こういうすてきな掘出し物を手にしたらもう放せない。マンションは見えている。これを五階まで持っていくことを思うと目もくらみそうになるが、負けるものか。ハイ・ミスの意地である。

その意地の中には、八十パーセントの空想が含まれている。このソファの脚を取り払うのだ。そして床にじかに置くのだ。インスピレーションというのはそのことなのである。この前、梅本が来たときみたいに、キッチンのテーブルを前に、椅子で相対しているときはどうも、ある種の状況下では具合わるいのだ。

梅本の言ったごとく、椅子にテーブルでは、

「自然に手が出る……」

というわけにいかない。男が私の手を握る、あるいは私が男の手を握る、というキッカケがつかめない。テーブルの向うとこっちでは、手でも握ろうというと、身を乗り出して、

(すみませんが手を出して下さい。いや、右でも左でもよろしい)

などと手相見みたいになってしまう。

そこへくると、そのソファを、背もたれ付き座椅子のように窓際に置き、そこへ私が坐る、男も(――それが誰か、わからない。まだ考えてない)寄り添い、並んで坐る。男のほうは背中やお尻にクッションなぞあてがい、ぴったり私に軀をくっつけて坐っている。

そうしてお酒なんか飲む。

椅子やテーブルでは近寄れないのに、床に坐っていると、いくらでもそばへくっついていけるのである。

まさに梅本のいうごとく、「あぐらをかいたら身動きもならぬ」さまになり、おたがいの劣情をそそるかもしれぬ。

かつ、椅子では腰軽くなりやすい。

（あ、暗くなって来た、灯《ひ》をつけましょう）

とか、

（氷、取りましょう）

とかいうたびに、すぐ立てる。これが悪い。

しかしいったん床にぺったり、尻をおちつけて坐りこんでしまうと、立つのはおっくうになる。せっかくの気分を中断したくなくなるだろう。暗くなって来ても、灯なんか、立ってつけにいくのは面倒になり、

（ええやないの、このまま飲みましょうよ）

ということになるかもしれない。

（あかりさん……）

（え？）

（何でもない。ただ呼んでみたかっただけ）

なんていい、いつか手と手はしっかりと……。という状況設定は、この粗大ゴミのリフォームで実現するかもしれないのだ。そういう展開が、この一部壊れたソファを見たとたん、ピッとインスピレーションで閃《ひらめ》いたのである。ああなんという、神のごとき明察であろう……。

恋は人を策士にし、金田一探偵にも劣らぬ明敏なチエを授けるのである。ただし、その男がどういう男か、その顔のところは刳《く》りぬかれて、穴明きになっており、想像の中では顔ナシである。私はそんなことをあたまに思い浮べ、ニヤニヤしつつ、苦労してショッピングカーとソファを引き摺っていたので、男が私に声をかけたのにも気付かなかった。

その男は向うから来て私とすれちがったのだが、汗まみれになって、重そうに引き摺っている私の苦役《くえき》に同情したとみえ、踵《きびす》を返して、

「持ちましょうか?」

と野太い声でいい、私の背後からひょいとソファを担ぎ取った。

私は喘《あえ》いでいた。目まで入りそうな汗を拭いつつ、乾いた唇をなめて、

「すみません。そこなんです。あの、クリーム色のマンションです」

男は「はあ」とも「うむ」ともつかぬ返事をして、私より先に、スタスタとソファを担いでいく。彼が持ちあげると、まるで籐椅子《とういす》のようにソファは軽く見える。背はそん

なに高くないが、がっしりした男のようである。私がやっとマンションへ追い着くと、男はいったんソファをおろしたが、

「何階ですか？　持ってあがったげます」

　というではないか。

「すみません。五階です」

　と私はこたえ、まだこの男の顔をしげしげ見ていないが、もしかしてこのマンションの住人で、近所住いのよしみに親切にしてくれるのであろうか、と思った。といっても、このマンションに、つきあいはない。五階にはあと二室あるが、その住人とは顔を合せたこともないのであった。

　男はソファの重さを物ともせず、タッタッとあがっていく。

　私はといえば、これはショッピングカーを曳いてるときはいつものことながら、階段を持ちあがっていくのは大変だ。一段ごとに息を入れてちょっと休み、手首を振ってみ、これではジャズダンスもエアロビクスも金を出して習うことはない、ものすごい運動量や、と思いつつあがった。三階くらいあがると、男がはやソファを運び終ってまた降りて来、

「ついでです……」

　と、ショッピングカーも持ってあがってくれた。

私がやっと五階へたどりついたとき、男は手ぶらで階段を降りてくるところであった。私に礼をいわれるのをあらかじめ避ける如く、視線を合せないようにそそくさと降りようとする。どっちつかずのあいまいな黙礼をして、私の横をすりぬけようとする。

「あらま。オタク、あの」

と私ははじめて気付いた。隣のビルの、進学塾の講師ではないか。

男は仏頂面《ぶっちょうづら》をふり向ける。その表情は、

(言葉を交さないですめばそれに越したことはないと思っていたが、話をしなければならないなら、それも運命と思ってあきらめる)

という感じである。色黒の、いかつい顔、逆立った剛《こわ》い髪、大きい口、どんぐり眼、全体にぎょろっとした感じで、これならいかにも「アホじゃ、カスじゃ、死ね、とんま」などという言葉が似合いそうな風貌《ふうぼう》であった。

私はちょっと前、この男に罵《ののし》ったことを思い出し、間《ま》の悪い思いをしたが、この際、マンションの接近状態を認識させ、近所迷惑の内情をとっくりと納得してもらいたい、という気になった。

「あのう、ですね……」

先生、といったものだろうか。しかし私は何もこの男に教わっていない。

「オタクにちょっと見て頂きたいものがあるんです」

私はあわただしくドアを開け、彼を招じ入れる。

「ちょっと。ちょっと入って下さい」

彼はまごまごしたが、ソファのせいと思ったのかもしれない。スニーカーをぬいで、ソファとショッピングカーを室内に入れてくれた。

「ほら、ここ。ここなんですよ」

私は窓際へ連れていく。窓を開けると、隣の進学塾のほうはもう窓を閉めていた。しかしカーテンはないから、粗末な机や黒板がよく見える。もう日は落ちているが、まだ充分明るいのである。

「ここからですね、ようく聞えるんです」

「ナ、なにが」

男はすこしどもって聞く。

「なにがって、オタクのどなり声ですよ」

男は理解に苦しむように大きい唇を引きむすび、向いの、おのが職場である窓をじっと見る。

「さっきも言うたんやけど……」

「さっき？」

「オタクが授業してたとき」

「………」

「あたしの声が聞えたでしょ。あたしの声が聞えるということは、オタクの声も、よく聞える、ということなんです。いえ、聞えすぎなの」

「僕は、聞えんかった、ボ、僕は……」

「さっき、叫んだでしょ、あたし」

「ああ、あんたか」

この男はすこし血のめぐりが鈍いのかもしれない。私とは知らず、ソファを担いでくれたのであろうか。

「あのときは急にオナゴの金切り声が聞えたんでびっくりしたです。しかし、何いうとったか、分らなんだ」

「分らなんだって、あれが……」

「あのオバハン何いうとるんやと……」

「オバハンとは何よ！」

「いや失礼、生徒に、何いうとるんやと聞いても、あいつらギャラギャラ笑うだけで……夫婦ゲンカでもしとるのやろうと思うてました」

「失礼な。あたし、独りもんです」

と私は叫び、ついで好奇心にかてず、

「オタクは？」

「ヒ、独りもんです」

と男はいい、窓へ寄って、無心に、

「ふーん。えろう近いなあ。お、まる見えや。向うからもよう見えるはずやが、向うからは見たことないな」

当り前である。私はきちんとカーテンを引いてるんだから。

「とにかく、こんなに近いんやから、そう大声を出さないで頂きたいんです」

「そない聞えてますか？」

「オマエら、アホじゃ、カスじゃ、死ね、とんま！　というのがひっきりなしに聞えてます」

男は大口を開いて天井を向いて笑った。

「ボ、僕の口ぐせでね……」

「もっといい口ぐせを考えて下さい。上品なお客さんがいらしてるときは困るのです」

私は冷蔵庫からコーラを出して抜いた。五階まで持ってあがってもらった礼心のつもりである。

男は、気は悪くないのかして、素直に、

「すんません」

といったのが、学生っぽい感じであった。

「ボ、僕、声、大きいですか？　やっぱり」

と改めて私に聞く。

しかしその視線は、すぐそれる。与志子は「処女まぶしがり」なんてへんな言葉を発明していたが、この男のはただ「女まぶしがり」というようなものであろうか。チャンとまともに私の顔を見ないで、瞼《まぶた》をバシバシとまたたくのである。

「決して小さいとはいえない。お客さんとしゃべってて、会話が中断させられるぐらいですから」

私たちはいつか、キッチンの椅子に坐っている。

「ハア」

と男は考え、

「いや、それは思い当るです。ボ、僕はこれまで、声が大きい、いうて、女の子に逃げられた」

「へー。どういう不都合がありますか」

私は好奇心のかたまりになっている。

「緊張すると声が大きィなるらしい。人の居る前で、つい、大きい声でいうてしもた」

「何をいうたの？」

「『いこけー』って」

「どこへ」

「ホテル」

男は正直いちず、という感じでしゃべっている。

「スナックでね、女の子としゃべってて、話がとんとん拍子にすすんで、ボ、僕は嬉してつい、『ホテルいこけー』と」

「それが大声やった？」

「スナック中に聞えたらしい。店じゅう大笑いしやがんねん。女の子は怒り狂って飛び出てしまいよったです」

「それからどうなったの」

「それきりです」

「そら、あかんわ」

――いこけーはひどい。

なんぼなんでも、ほかにいいようもあるだろう。角谷のオッサンみたいに絶えまなく、さみだれの如く、そめそめとくどきつづけるのも、山村文夫みたいにひたすら果敢に迫るのも、私には向かないが、なかんずく大声で、

（いこけー）

なんていわれたら、これはもう全く私向きじゃない。くどきスタイルにも向き向きというものはある。「いこけー」なんて直截《ちょくせつ》でいいと喜ぶ女の子もあるかもしれないが、でも私ならいやである。

「どういえばええスか」

と男は熱心に聞く。

「そりゃもっとムードというか、夢というか、朝焼けの空を一緒に見ませんか、とか、語り飲み明かしませんか、とか」

「手間ひまかかりますな」

「当然でしょ。ロマンがなくっちゃ、女は興ざめしますわ。まず食事して。ワインですか、ビールですか、とか」

「うーむ」

「それから映画を観るとか、散歩でもするとか。五度、六度とデートして、そのうち、やっと気持が寄り添い……」

「うーむ。いちいちそれをやっとるのでは回転悪いですな」

と男は叫ぶ。この男のいうのはあまりに本音っぽく聞えるゆえ、ミもフタも夢もロマンもなく、こんな現実ムキムキマンは私には向かない。現実男は、私には肉親と同じに思える。

片ぎらいについて

1

山村文夫はむっつりとしている。男というものはむっつりしてると、老《ふ》けてみえるものである。

いや、実際に老けているのかもしれない。文夫ぐらいの年齢の男は、半年ごとぐらいにガクッ、ガクッ、という感じで老けていく。そうして結婚でもすると、ガクガクガクッと老け、子供でもできると、ガクガクガクガクッ……と老けるのだ。いい気味だ、ざまァみろ。

そこへくると、ハイ・ミスは老けないのだ。

永久に老けないのだ。

ハイ・ミスが老けるのは、自分で、

（もうアカン……）

と思ったときだ。私はそんなこと思うはずないから、いつまでも美しいハズ、なんである。

ところで山村文夫がむっつりしてるのは、〈旅にいこう〉と私が誘ったらホイホイとついてきたところ、大阪駅で待合せすると、梅本も来ていたのが分ったからである。

汽車へ乗ってから、何でもよく気のつく梅本が、

「ビールを仕入れてきます」

と出たとき、やっと文夫はいった。

「何であんなヤツ、連れてくるねン」

「だっていったでしょ、向うのお寺ではさ、あたしの友達やみんなが集ってるって」

「それはええけど、せめて道中ぐらい二人や、思《おも》てた」

「新婚旅行と違《ちゃ》うよ。二人で汽車に乗ってたってしょうないやないの」

「降りてからちょっと寄道して、一服する、ということもできる」

「あほくさ」

「三人やってみい、寄道もでけへん」

「あんた、そんなつもりで来たン？」

「そんなつもりで何がわるいねン」

文夫は貧乏ゆすりする。

「ともかく、向うへ着いたら二人で泊れるんやろ？」

「寝ることしか考えてェへんの？　今日はお料理を楽しむ会よ、精進料理を……」

「悪いけど男は精進料理なんて興味ないねン。豚の丸焼きとか、ケンタッキーフライドチキンとか、ステーキとかやったら別やけど、精進料理なんてトシヨリ臭いもん食えるかいッ！　くそ！」

「おお、怖《こわ》」

「ともかく、二人になれる？　今晩」

「なにいうてんの、あほ！」

こういうときは毅然《きぜん》とセネバ。

「友達みんな、いてるのに。男と女と別れて寝るのよ。お寺でしょ、雑魚寝《ざこね》というわけにいきませんよ」

「修学旅行やな、まるで」

文夫はむくれて唇をつき出し、

「そんなんやったら、来るんやなかった」

と拗《す》ねていた。

男が拗ねてイライラしてるのを見るのは、私、大好き。全身でむくれかえってる文夫を見るのは可愛いものである。

「旅行にいこか、いうて、あかりさん誘うさかい、こっちはてっきり二人きりや思《おも》たのに」

「ほかに四、五人くるよ、とそのとき、言わなんだ？」

「聞きましたね。しかし、夜は二人になれると思《おも》たのが、僕の浅はかな早とちり、や、や、や、ったた」

「なんで男って、そんなことばっかり、考えるの？」

「なんで女って考えへんねん？　女に性欲ないんかなあ」

「男にはロマンとか風流心とか、ないのかしら。初秋の、ですよ、山中の古いお寺で、おいしい精進料理を頂きつつ、月を賞《め》で、心ゆるした友達と語り明かすたのしみ……」

「そんなん、ないわい。たのしみはヤル事だけじゃ」

文夫は私に当ることで甘えてる気味がある。

「ヤリたいというのは、性欲ですら、ないわね、単なる衝動よ」

と私はツンとしていう。

「衝動こそ、上品じゃ。衝動で何がいかんねん、リッパなもんやないか。アホけ」

そこへ梅本が、典雅な白い顔をほころばせて、

「お待たせしました」

と冷たい缶ビールを三つ買ってきたので、私と文夫の、淫靡《いんび》な衝動論争は打ち切られ

た。

私たちはビールをそれぞれ開《あ》け、

「乾杯——」

と何となく笑いあって缶を捧げ、飲む。

「ああ、楽しいですなあ……」

真ッ先に飲み終ってそういったのは梅本である。優しそうなお雛《ひな》サンみたいな顔なのに、アルコールに強いのは毎度、おどろかされる。若い文夫より早く、クイッ、クイッ、と一気に飲んでしまう。そのへんに梅本の人生キャリアが出てるといってもいいかもしれない。

「久しぶりに町を離れて、田舎の空気を吸えるというのは……。しかも今夜は、お寺さんが腕によりをかけてご馳走《ちそう》して下さるんでしょう。その上、三十以上の女性が揃っているとなると……月を賞でつつ、心ゆるして語り合えるというのは、これは清遊というべきですねえ」

私と同じようなことをいっている。

何しろ、私といても「二人でしゃべる」ことに情熱を傾けるような梅本なので、「語り合う」ことに期待をもっているのはわかるが、このぶんではまたもや、山名与志子と同級生感覚のまま、平行線をたどることになりそうであった。

そうなのだ、私は与志子もこの際、「都会のOLに精進料理を食べてもらって、お味見をしてもらう会」の旅に誘ったのだった。

与志子は梅本のことを「偽悪ぶりっ子の痩《や》せ蛙《がえる》」などとワルクチをいっていたが、充分未練がありそうに思えたので、もっと会って研究させてもいいだろうと思ったのである。

若原雅子が恋人のうどん安珍のお寺へ、皆で行こうといったとき、

〈男の子もいたほうがいいな〉

といったので、私はすぐ、山村文夫を思いついたのであった。ところが電話したとき文夫はいなかった。いないとなると追いかけたくなるのがハイ・ミスのくせである。あくる日の夜電話して、

〈土曜から丹波の笹原《ささはら》へいけへん？　泊りがけで。お寺で泊るんだけど、いい？〉

と可愛く、迫ってみた。

〈泊りがけ!?〉

果して文夫は食いついてきた。雑魚はよくハリにかかるのだ。てんこちみたいなものだ。煮ても焼いても食えぬというが、油で揚げてごまかさないと食べられないような魚は、いくらかかってもしかたない。山村文夫は私にとっては、骨の多いてんこちである。しかしそれでもないよりいいのである。

〈ほかのお友達と向うでは一緒になるけど、あんた、それでもいく?〉

といったら、文夫は有頂天で、

〈いく、いく!〉

といった。

だから、文夫が「二人きりで泊るんやと思うた」と今になってむくれるのは無理ないのだが、私は歯牙《しが》にもかけず、ご機嫌とりをする気もなかった。結婚しようと思う男なら、全力をつくしてご機嫌をとり結ばねばならないが、なあに、どうせ、てんこちだ。

それに、てんこちにはてんこちなりの意地汚さがあって、そうはいっても、何とかなるんじゃないかという気があるらしい。だから大阪駅で梅本といる私を見て、

〈どうなっとんねん!?〉

という顔でむくれながらも、しぶしぶ、同行して汽車に乗りこんだのであろう。

しかし梅本は社交慣れして如才ないから、

「大阪駅の弁当は、やっぱり大阪人の口に適《あ》うようですな」

といいつつ、弁当を文夫にも配り、

「旅行なんか、よう行きはりますか」

と文夫に話しかける。

「いいや、あんまり、行きません――つい、飲んでしまいますワ。女の子はよう行くみた

いです。しかし僕ら、男の友達でも独身のとき海外旅行なんか、するヤツ、ありませんなあ」

と文夫も、弁当を前にしているせいか、頓《とみ》に機嫌よくなって口がほぐれるようである。

「それよか、着るもんのローン払わんならんし」

と文夫はミもフタもなく言い、そういえば今日は一張羅《いっちょうら》を着込んできたのか、うす色の地に、茶色の粗い縞のある、わりに派手めのスーツで、私のはじめて見るもの、ローンというからにゃ、丸井か何かで買ったのかしら。

しかし文夫にはよく似合っており、勤め人生活も板についてきたのを思わせるのであった。

私は今日はトロリとした布地のツーピース、ウェストに同じ布地で大きく結び目があるドレッシイなもの、明るい茶色が、秋の先取りをしてるという心意気である。土曜日なのでひけたらすぐ出かけられるよう、朝から着てきたのだ。

若原雅子や城崎マドカや山名与志子は週休二日制なので、朝から先発しているはずであった。

丹波笹原は大阪から二時間足らずの旅である。特急の電車もあるが、お弁当を車中で食べたいと思って、山陰へ廻る汽車にわざわざ乗ったのであった。

古い型の車輛《しゃりょう》だが、鄙《ひな》びた景色が窓外にひろがって楽しい。何となく（車輛が昔風なせいもあるのか）関西地方の裏通りを走ってる、という感じで、駅舎も戦前のままのたたずまい、寅さんが毛糸の腹巻をして出て来そうな駅である。大阪からほんの一時間ばかり離れて、こんなに田舎びてしまうところが、私には楽しかった。

しかも男二人といるという、華やぎもよい。

やっぱり、男はいいものだ！

みよ。

男のよさがわかるのもハイ・ミスなればこそ。

家庭の主婦になってしまったら、夫なんか男と思わず、何だかうっとうしいイキモノがいるとしか思えないんじゃないかしら。

「今夜の議題に、とてもぴったしのテーマがありますのよ」

と私は梅本にいった。

腰軽な梅本は三人の弁当箱をあつめ、ゴミ箱へ持っていこうとしているので、私は文夫をつつき、

「行ってらっしゃいよ」

という。若い男は教えないと尻が重くていけない。文夫はもともと、気はわるくない男なので、すぐ、

「あ。僕が」

といい、ビールの空き缶ごと持って、席を立った。

「あの人がね」

と私は視線で文夫を指しつつ、

「女には性欲はない、というんですよ」

「ははあ」

「今晩、ほかの女の子にも訊《き》いてやろ」

「オトナの話題ですな」

おしゃべり好きの梅本は舌なめずりしそうであった。

2

そのお寺は山の中腹にあった。中腹といっても山自体が高いものだから、鐘楼《しょうろう》から見おろすと、眼下にふもとの田園や集落や、平野を貫流する川が一望のもとにみえた。そのさまはちょうど飛行機が着陸態勢に入って地上へ降りてゆくとき、地面が斜めに傾《かし》いでクローズアップされ、機影が地上に映る、そのときのめくるめく感じそのままである。

ここから鐘をついたら、なるほど村の頭上へ、音がふりかかるだろうというさま。ここへくるまでは駅前からタクシーである。

車の道は一車線だが、ちゃんとお寺まで切り開かれている。崖を縫うカーブだが、簡単な舗装もしてある。お寺までの坂道を、えっちらおっちらと歩くことはまぬかれた。

タクシー代は梅本が払い、

「あら、三人で割りません？」

と私がいったら、

「いや、いいです。僅《わず》かですから」

と梅本はいい、山村文夫は、そんなことはもう、はなから念頭にないようにスタスタと山門をくぐる。オカネを出すことに敏感なのが中年で、鈍感なのが若者といってよかろうか。

山門には「永泰山　弘誓寺《ぐぜいじ》」とある。お寺は古びているがなかなかに立派で、庫裡《くり》の一部はあきらかに改築したらしく、色のちがう新しい木材で継ぎ足されていた。更に境内《けいだい》の一部に廊下の端が突き出し、そこも新しい建築材料で以《もっ》て、タイル張りの洗面所とトイレが設けられてあるのが、ガラス戸越しにのぞまれた。

これからあまたの客を送迎して、活気を呼びこもうという、お寺の弾んだ心組みのほどがしのばれるのである。

それにしてもまあ、空気がおいしくて空の青いこと。

その青空に百日紅《さるすべり》が濃いピンクの房の花を捧げていて、松や檜《ひのき》が植えられ、心こめて掃除されてるという風情。

境内は裏山につづき、お寺全体がうっそうと茂った山を負っているが、印象は明るいのである。私は若原雅子が「山奥の寺」というから、どんな荒れ寺かと思っていたが、本堂の縁など見ると、村の公民館のような感じでもある。しかも人が出たり入ったりして、ざわざわしており、とても過疎の村の寺とは思えない。

そこへ若原雅子と城崎マドカが来た。この山の中で見る二人は、たいそう近代的美女に思われた。

私は彼女らを梅本や文夫に紹介する。城崎マドカは自衛隊の恋人と「面白くなくなった」ので、

「今日はよんだらへんかってん」

といっていた。与志子は別棟にある観音堂へおまいりしているそうである。うどん安珍に伴われ、なぜか熱心に拝んでおり、うどん安珍と仏教的な話をはじめたので、雅子やマドカは退屈して裏山を散歩してきた、といっていた。蟬《せみ》の死骸《しがい》がたくさん落ちていたそうで、それも山国らしい夏の終りの早さである。

私は与志子が観音さんを拝んでいたというのがおかしい。彼女はカンカンさんこと「歓々観音」の信者になって、縁談がありますようにと拝んでいたのかもしれない。

私たちは雅子に案内されて本堂の横の部屋に荷物を置きにいった。庫裡の台所は戦場

のような騒ぎになっている。町の婦人会の人々が、バイトで働きに来ているようであった。

私はうどん安珍や、そのご両親にはじめて会う。うどん安珍は道昭《どうしょう》さんという名前であるが、人々には「若さん」と呼ばれている。

背は高くないが、がっちりした軀つきの、皮膚のつやつやと若々しい坊さんである。顔の道具立てもシッカリして、ヒゲの剃《そ》りあとなんか青々としており、いかにも精悍《せいかん》な感じであった。

お父さんは村の人々に「お住持《じゅっ》さん」と呼ばれている。この人は肩幅は広いが、ぐっと小柄で猪首《いくび》の、日にやけたお坊さんであった。

「都会の若いかたに、精神修養かたがた、山寺料理をたのしんで頂こう、思いましてな。何年も前から工夫しとりましたのやが、まあどうやら、機も熟したようで、この」

とお住持さんは縁の向うを指し、

「裏山に、いろんな山菜も採《と》れるところから、山菜で以てな、お料理をたのしんでもらいます。魚も肉もつきません、ハイ」

私のうしろで、文夫が小さく、

（フェッ）

と悲鳴のような声をあげた。

お住持さんは読経で鍛えた、というような底力のあるバリトンの声である。そうして都会人の私たちをたくさん迎えて喜んでいる風情であった。

また、田舎住いの人によくあるように、しゃべる機会を得たのが、とても嬉しいらしかった。

「魚も肉もつかんでも、しかし、味はよろしいのや。坊主の料理は千年から伝統がおますよってな、豚や牛や、使わんでもずうっと味がよろし。役場も気ィ入れて応援してくれることになっとりましてな」

「あの、皆さんにまあ、お風呂入ってもろたらどないですやろ」

と奥さんがいった。これは痩せぎすな細面《ほそおもて》の奥さんで、この村の女の人たち同様に、ブラウスにスカートという姿であった。

うどん安珍が私たちを湯殿へ案内した。

「こんな遠いとこまで、おいで頂いて恐縮です」

とうどん安珍は神妙に挨拶し、

「お口に合《お》うたらよろしおすけどなあ」

と京都弁だった。廊下をあるいていく彼の素足を見たら、あんがい色が白くて、なかなか綺麗な、男の足だった。

「お酒、出るんでしょうね」

と雅子がいったら、

「出ます。ウイスキーもおます。うちの寺で漬けてるマタタビ酒や紫蘇《しそ》酒もおますよって、酎《ちゅう》ハイもでけま」

と商売人みたいだった。

「あの、歌うとうたら、あきませんのん？」

と城崎マドカが長い廊下をあるきながらいった。

「うちのお住持《じゅっ》さん、鳴りもんと歌と麻雀《マージャン》は怒りますねん。けど、酒だけはしっかり用意してますよってに、夜通しでも飲《や》って下さい」

風呂へ入ってみると、山名与志子がもう先に入っていて、クリームでマッサージしているところだった。

「ちょっと魚も肉もつかへん、なんて、そんなん聞いてないわ」

マドカが髪にビニールのキャップをかぶりながらいった。

「お漬けもんやおひたしが出るんやろか」

「松茸《まつたけ》……」

「まだ早いし」

「コンニャクやと思うな、あたし」

「牛肉の缶詰でも買うんやったな。チーズは寝酒用と思って二、三種類持ってきたけど」

と雅子はいい、

「けど、そんなんもたまには、ええやないの、粗食のほうが長生きするねんよ」

と広い湯ぶねへまっ先に漬《つか》った。

まだ暮れていないない青空が、窓から見え、その半分は紅紫色の百日紅の花で掩《おお》われていて美しい。

「ええトコやないの、――このお寺……」

と私はしみじみいった。それに、

「あの、うどん安珍もいけるやないの」

と、これは声が低くなる。

与志子はしとやかに片隅から湯へ入って来て、タオルを胸もとへ当てつつ、

「わりかし、使い勝手、よさそう……」

なんていい、抜き手を切るように、そろっとまん中へやってくる。処女というものはしようがないものである。実地で体験しない分だけ、口が達者な口年増になるのである。

「けど、このお寺、冬になると雪に埋もれるんやて。そんなトコによう居《お》らんわ、あたし。なんぼうどん安珍が使い勝手のええ男でも、こんなトコ島流しされたみたいやないの」

雅子はてきぱきといい、すると城崎マドカはあごまで湯につかりながら、

「そうかなあ。あたし、あのうどん安珍のさ、白眼《しろめ》のところが冴えて青いのが好きやな」

「あたしは、素足のきれいなのがよかった。色白で、むくんでもないし、きれいな足の指やった」

と私がいうと、

「なんや、あんたら、虫も殺さへん顔して、見るトコはちゃーんと見てるねんな」

と雅子がいい、みんな湯の音をたてて、くすくす笑う。

輪のように丸まって、みんなで背中を流し合う。マドカは思ったよりぽってりした肉付きで、着痩せするタチらしく、意外なのは若原雅子が思ったほども肌は綺麗ではなかった。日焼けしてそれにたいそう痩せていた。スーツ姿がぴったりきまるには、これくらいに痩せていないとダメ、という見本みたい。

「ちょっと。みな、じろじろ自分の軀と見くらべんといて」

と雅子がいったが、山名与志子の軀がまっ白でポテッとしてるのには皆、見惚《みと》れてしまう。

「この子、お湯流したら、玉になってころがるよ」

とマドカがおかしがっていった。

「触らしてえ」

と雅子がいい、

「女って、みな、レズっ気《け》あるのんやろか、こんな脂《あぶら》ののった白い肌見てたら、抱きしめとう、なるもん」

「吸いつくような肌、てこれやろか」

与志子は得意さがかくせないようだった。

「ウチ、レズっ気ないよって寄らんといて」

与志子は、雅子がわざとうしろからそっと乳房を触ると真剣に、

「きゃっ」

といった。

門限のある与志子が、よく一泊旅行に出られたものだと思うが、お父さんが大阪駅まで送りに来、若原雅子と城崎マドカが同行するのをたしかめて、

〈娘をよろしくたのみます〉

と托《たく》したそうである。

「深窓の処女の餅肌やなあ。これは」

と雅子は与志子の肩に触れ、背に触れ、

「舐《な》めとうなる」

などというので、与志子は、

「もう知らん」

とそうそうに風呂から出てしまう。しかし怒っているわけではなく、めったにないこの小旅行にはしゃぎきっているようであった。

「あんた、ほんまにレズちゃうか」

城崎マドカは雅子をからかい、雅子はのびのびと湯に漬ったまま、

「そら、男のほうがええわァ。やっぱし男や。会社にレズの子ォ、おるけどね。あたしもその気《け》、ちょっとあるかもしらんけど、でも男やなァ。……」

青空は思いなしか、透き通ったまま昏《く》れてゆくように思われる。私は夢ごこちになる。見も知らぬ山奥のお寺で、こんないい湯に漬り、青空と、紅《あか》い百日紅の花を見ているなんて。

遠くに連山も望まれる。雅子は「男や。男や」とくりかえすけれど、こういう瞬間の放心も、なかなかたのしい人生の至福のときである。

「そうか、うどん安珍、そないええ男はんか」

といったマドカの声音にはうらやましげなひびきもあった。雅子は、

「ちがいますよ、うどん安珍だけのことというてへん。男がそばにおると、女は、うるおいが出る、ということ、いうてんねん」

そうかなあ。私が、こういう瞬間も人生の悦楽だと思うのは、男といつか共に暮らすという期待があってこそのものなのであろうか。

女たちが風呂からあがるのと入れ替りに、梅本と文夫が風呂へはいった。

私は着更えに持ってきたワンピースを着て、廊下で涼んでいた。

文夫はその横を通りざま、小声で、

「男の寝るトコは本堂のほうやデ」

「あ、そ」

「ひろーい部屋、あんねん、夜中においでえな。待ってるデ。阿弥陀《あみだ》サンいたはるけどな、すんまへん、いうて、その隅、貸してもらおやないか。あしこ、暗《くろ》うてええねん」

仏罰の当りそうなことをいう。

3

山寺の食器というには、あまりにも結構なる赤塗のお膳が出た。三の膳まで付き、それが皆の前にずらりと並べられたのは壮観であった。このたび新たにととのえたということで、お寺さん側の張り切りかたも分ろうというものである。

皆の眼が輝き、期待を以て膳の上にそそがれた。そして幸福そのものといった表情で、お椀《わん》の蓋《ふた》を静かに取る。一の膳には枝豆御飯にお吸物、胡麻豆腐、それにしめじやお高野の煮もの。

いろどりも美しく、お吸物のよい匂いときたら！

「『とことん』のお清汁《すまし》に似てる。おいしいわァ」

と私の右手にいる与志子が、早速、私にささやく。私たちは「季節おんな料理」の「とことん」を最高級、と思っているので、「とことん」に似ているというのは、この山寺の精進料理の味が及第、ということである。与志子はあんまりお酒を飲まないのですぐさまお料理をつつきはじめたが、皆はお銚子《ちょうし》を待っていた。

村の婦人部、というような人たちが、お酒やビールを運んできてくれた。

お住持《じゅっ》さんが私たちにビールとお酒をついでくれる。城崎マドカがお住持さんにお酒をつぐ。

お住持さんが来たのは、料理の説明のためのようである。二の膳をさして、

「それは蓮根《れんこん》を擂りおろしてつくねて、油で揚げたもの、そちらは山菜の味噌和《みそあ》え、左手のが、うちでつくりましたひろうずの煮含め。蕗《ふき》も裏山のものです。お魚みたいに見えるのは小芋《こいも》、しかしこれは魚より旨いはず」

三の膳はお酢のものと天ぷら、これも無論、野菜ばかりであるが、お味に工夫があって飽きない。というより、野菜そのものの味を、

（こない、深かったんか……）

というほど引き出しておいしくしてある。お住持さんは「坊主の料理は千年から伝統がおますよってな」といっていたが、ほんとにそうかもしれぬと思わせられるのであった。

——とはいうものの、私の考えではもともと料理はメンタルな要素が多いので、(これは、おいしいねンで。これは上等やで)といわれると、何となくそういう暗示にかかってしまうところがある。私たちの期待に加え、赤塗の三の膳、お住持さんのもったいぶった説明、美しい盛りつけ、そんなものがいかにも楽しい雰囲気を盛り上げるのであろう。箸枕《はしまくら》は竜胆《りんどう》のるり色のつぼみであった。

その大広間の床の間には秋草がどっさり活《い》けられている。薄《すすき》、桔梗《ききょう》、女郎花《おみなえし》、吾亦紅《われもこう》、白萩《しらはぎ》、……そのさまは、お寺というより、料亭のように華やかな感じである。

「どなたがお活けになったのですか」

と私がお住持さんに聞くと、

「私が活けました。裏山から自分で採ってきましてな。いつもは茶花ふうにもっと簡素なんやが、今日は女の方《かた》がぎょうさん見えるのやよってに、景気よう、華やかにしとります」

と笑った。マドカは彼に酒をつぎつつ、

「いやァ。お坊さんはお茶もお花もやらはるのですか、ほんなら道昭《どうしょう》さんも」

「ほんのまねごとで、この年になっても中々修行が到りません。ましてやうちの道昭なんかは目だるいことでございます」

「お坊さんの修行も大変でしょうな。寒《かん》のあいだに滝に打たれたり、一日に何里もあるく、いうような辛い修行があるのんちがいますか」

如才ない梅本はお住持さんにお酒をつぎつついう。

「いやそら、私らかて、知らぬとこへ飛びこんで物売ってこいとか、自動車作ってみいとか、橋かけてみい、会社動かしてみい、といわれてもでけへんのと同じでございます」

お住持さんは私たちのお膳を見つつ、

「そういう、社会で活躍してなさる方々に、ここのお寺でしばし俗塵《ぞくじん》を洗《あろ》うてもろて、鄙《ひな》びた山里の味をたのしんでもらお、思いましたんやが、いかがでしたかな」

みな口々にほめそやした。いまだに〈ビフテキがこれに加わってたらもっとよかったのに〉といいたそうな山村文夫は黙っていたが、女たちは、「牛肉の缶詰でも買うんやったな」といったのも忘れ、京風の味を盛んにほめた。

また、実際、山芋をすりおろしたものなどのおいしさは、これはスーパーで売っていないのだからしかたない。長い長い根の自然薯《じねんじょ》を村の人が根気よく掘りつづけたものだそうである。

「農薬もかかってないから栄養があるでしょうね」

と私がいったらお住持さんは得たりとばかりいった。

「人間は自然のもんを食べないけまへん。すべて不自然はいけまへんな、自然に素直に、持味だけで勝負する。このお味、東京の方なら薄すぎると思われるかもしれんが、素《す》のままの味がいちばん深《ふこ》うおすねや。みなさんの体も自然がよろし。食べすぎ夜ふかし、飲みすぎはいけまへんなあ。秋になると蟬が死ぬのも自然。また、長患いの人が死ぬのも草の枯れるのも自然――おたくさんらはお若い方が多いようやが、男が女に惹《ひ》かれ、女が男に関心もつのも自然。物欲は男にも女にもあるのが自然。しかし物のあわれ、風流を解するこころは、これは自然に出る人と出ぬ人とおます。このお寺へ来てもろて、さらさら風雅に関係なしというのも侘《わ》びしゅうおますよってに、うちへ来て頂いた方には勉強して頂く」

お住持さんは手品のように体のうしろから蒔絵《まきえ》の硯箱《すずりばこ》と色紙を出した。不吉な予感がする。

「一筆、みなさんに感懐をしるして頂きましょうかな。よくあるように『思い出ノート』などという杜撰《ずさん》なものはあきませんな、若い方は野放図にしまりが無く書く。やっぱりこう、日本人であるからには俳句とか短歌とか、きまった形で、きりっと感懐を托すのが風流でございます。ではゆっくり、おくつろぎになりつつ……。おや、銚子の酒が無《の》うなって」

お住持さんはそういって立っていったが、座はそのとたん、急にがやがやとなる。

「ちょっとォ、そんなん聞いてへんし」

とまっさきに悲鳴のような声をあげたのは城崎マドカだった。

「何、書くねん……」

呆然自失《ぼうぜんじしつ》しているのは文夫である。

「あたし、俳句も短歌もやってない。都々逸《どどいつ》も清元も知らんし」

何もかもごっちゃにしているのは雅子。

「カラオケ唄え、いわれるのやったら、ごまかせますが、さて俳句とは」

梅本は深刻にいい、与志子は、

「でけへんもんは書かんでもええでしょ」

とわりに平気でいる。私はいった。

「けど、タダでご馳走になったわ、書かれへんわ、ではあんまりやと思わへん？」

「はじめにそれ、いうてくれたらお金払《はろ》うてたのに」

「それよか、来ィひんかったわ。あたし、五七五や三十一《みそひと》文字に弱いねン。こんなん、だまし討ちやわ」

「みんなであやまって堪忍《かんにん》してもらおか」

「……しかし、みな、ええトシして何もかけません、いうのも惨澹《さんたん》たるもんやな」

「サインだけするとか、へのへのもへの……」

「べつに五七五になって無《の》うてもええのんちゃいますか」

はしなくも日頃の無教養が露呈して、みな狼狽《ろうばい》する。

うどん安珍が焦茶色の作務衣《さむえ》を着てあらわれ、

「お酒、熱いところをお持ちいたしました」

「ちょっと。みな、だまし討ちや、いうてやるしィ」

雅子が安珍を責めた。うどん安珍は額に手をやって笑い、

「あれ、親爺の道楽ですねや。べつに何でもかましません、寄せ書きでよろしおす。二人組んで書かはるとか、……」

「いやなことは早《は》よすましますか」

梅本は硯箱をとりよせ、

「歌仙巻くほどの教養も芸もないし、次々まわしまっせ」

「知らん、知らん」

とみなふてくされ、私もいい気分でいた酔いがさめてしまう。日記もつけない私はこのところ、そういう風流に縁遠い。学生時代のことはすでに遠くなり、名歌も佳吟も記

憶にない。記憶にあるいちばん手近なことといえば、文夫がここへくるまでの電車の中で、

（女に性欲ないんかなあ）

といったことと、山名与志子がお風呂の中でうどん安珍を、

（わりかし、使い勝手、よさそう……）

といったこと、ならびに文夫が、

（夜中においでえな。待ってるデ。阿弥陀サンいたはるけどな、すんまへん、いうて、その隅、貸してもらおやないか）

といったこと、ついでにここのお住持さんが、

（男が女に惹かれ、女が男に関心もつのも自然）

といったことである。しかしそういう風なきれぎれの言葉を俳句や歌にすることもできないだろうではないか。私は内心、

（山寺や使い勝手のよき安珍）

とつぶやいてみたが、われながら人前には出せないと思った。また、

（惹《ひ》かれ合うおんな・おとこの自然かな）

と書くわけにもいかないだろう。

（初すすき女に性欲ありやなしや）

と書いたものかどうか。

何だか座がいっぺんに静まり、私にはそれが嵐《あらし》の前の静けさのように思われた。いまにもみな、席を立って、

(ちょっと！　こんなこと強要されるんなら帰るわ。教養の強要なんてヒドイやないのッ)

と言いそうに思われたのだ。

ところがふと見まわすと、へんに親和的な沈黙が落ちているではないか。

二人組んで書かはってもよい、とうどん安珍がいったため、みな隣の人間と組んで考えているらしい。

梅本は右隣の若原雅子と。

山名与志子は山村文夫と。

そして城崎マドカはうどん安珍と組み、

(こうでもない)

(いや、ああでもない)

と酒をつぎつつ、按《あん》じているのだ。私は一人はみ出し、しかもみな、おのおの事業に忙しく、私のことなんか気にしていられぬみたい。

梅本は白い顔をもう薄赤く染めつつ、

「いや、二人して一首のうたを作る、というのも堅くるしいです。何となく連歌風なつきあいでいきますか、ミニ連歌というような」

などと雅子の盃にお酒をついでいる。

「それならよろしいわ。両方で何かをし合うって建設的ですわ、一、二の三、で何でもやるほうが好きですわ」

と雅子が愛嬌《あいきょう》よくいうものだから、梅本は喜んで、

「そうそう、僕ら、話が合いますなあ、いや、これが最高です」

なんていってる。

その隣では与志子と文夫が、最初はどちらもぎごちないさまであったが、

「山村さん、何かこういう文芸趣味のこと、なさってます？」

「知りません。やってません、僕、専攻は経済で、あきません」

と文夫はいい、何が経済や、専攻は「おいでやす」のバイトであろう。

「あら、あたしもダメなんですのよ、あなたは失礼ですけど、独身ですか」

「ハイ」

文夫の返事で、与志子の表情がどよめいたように思われた。お風呂上りなので与志子はお化粧をしていない。それで頓狂《とんきょう》な丸い眼と小さい唇という顔立が、よけいに童顔にみえる。

「あたしもそうです。あなた、結婚にあこがれます？」

与志子のあたまには常時、結婚のことしか、ないのかもしれない。梅本がここで再会したとき、

「やあ」

と挨拶しただけで、あいかわらず視線がすべっていくのを見届けた与志子は、梅本のそばに坐るのを避けて、むしろ山村文夫の隣へ来たようである。

「女が結婚にあこがれるの、って当然、自然やありません？　さっきのお住持さんのお話やありませんけど、蟬の死ぬのと同じに自然や思いますわ。そうでしょ？」

「ハア。それでいうたら、僕がまだその気ィにならんのも、自然や思いますが」

「まッ。そんなの、自然に任しておいたらいけませんわ、さっきのお住持さんのお話にも、自然に出る人と出ぬ人とある、とおっしゃったでしょ、せいぜいつとめて、その気にならなくては。あなたおいくつですか」

「二十六です」

「それならもう、結婚して当然のお年や、思うわ。どんな人が理想ですか」

文夫はきょろきょろして、居心地わるそうである。無理もない。文夫のあたまには、女をくどくことしか、ないのであって、当分まだあちこち試みて遊びたいという思いでイッパイなのである。

その隣は城崎マドカがうどん安珍とこそこそ、しゃべっていた。マドカはお酒が入っているから色っぽくなって、

「あたし、このごろ失恋しましたのよ」

とうどん安珍に訴えてるようであった。

うどん安珍も愉快そうだった。

「いや、それはよかったですな。これからまたはじまるという期待が持てることですからなあ」

「——最後の恋やったかもわかれへん」

「そんなこと、おすかいな。あんたみたいにおきれいな方が」

「いやァ、お坊ンさんもお上手いわはりますのやね」

「坊主のあたまとうそはいうたことない、いいますから、うそやお上手は申しません」

とうどん安珍もいいご機嫌であった。

そのうち、梅本が筆をとって色紙にさらさらと書き出すではないか。みなみな、一座のものは大げさにいうと驚倒し、しーんとして梅本の手もとをみつめるばかりであった。

こういう教養が梅本にあろうとは私も知らなんだ。

おそるおそるその手もとを覗いた一同の口から、安堵《あんど》とも失望とも失笑とも讃歎《さんたん》ともつかぬためいきが、いっせいに洩《も》れたのである。

その色紙には、

「ごまどうふ
　ひろうず
　小芋　うまかった　　　　梅本」

とあったのだ。

緊張がとけて、みな、げらげら笑い出した。

「こんなん書いといたら、あとの人、書きやすうなる、思《おも》て……」

と梅本はいい、同じ色紙の横に雅子は、

「雪にかなわぬ　兵庫のチベット　　　雅子」

「ははあ、これはご馳走はうまいが、雪が多いのはかなわん、ということですな」

梅本がいった。

「まあ、そうやけど、ご馳走だけやありませんわ……」

と思わせぶりな雅子の言葉の意味を、うどん安珍はどう取ったであろうか。

「いや、雪多いうても、毎日、檀家《だんか》の人が交代で雪かきしてくれますよってな、道路は町《ちょう》でやってくれますし、陸の孤島になることはおへんのや」

とうどん安珍は訂正する。

与志子は新しい色紙を前に筆をもちあぐねて考えていた。雅子の字はのびのびしていて、わりにいい字であるが、与志子はひょろひょろしたまずい字で、何だか道にまよっているような顔をした字だった。

「マイ・オールド・ケンタッキーホームや　涯《はて》の旅　　与志子」

「これはねえ、マイホームにあこがれてるあたしの気持です。いつ結婚できるのかなあ、と思い思い、それを求めて旅する、という気ィになってるところ……」

「あ、いいですねえ。素直で」

とほめたのは梅本である。

「なんでここへ、ケンタッキーがでてくるのん？」

雅子は合点のゆかぬさまであった。

「あんたかて、チベットが出てくるやないの」

「いや、その飛躍が面白いのんちゃいますか、発想の飛躍ぶりに新鮮味が感じられる」

と梅本はほめる。

「これにつけるのん、むつかしかった……」

といいつつ山村文夫は筆をおく。

これまた、へたくそな字で、

「乗り合い馬車で恋も生れる　　文夫」

みんな、いっせいに、

「いかす」

「駅馬車にひっかけてる」

「西部劇のイメージで答えたところがよろしい、こら新手のミニ連歌という文芸ジャンルやな」

「そんな大層なもんですか？　僕にしてみたら、女の子くどくより手間かかりました、えらい目ェに会《お》うた」

といいながら文夫はまんざらでもなさそうであった。与志子も嬉しいらしく、

「山村さん、ウチを慰めてくれて大きに。……ウチ、そんな恋が生れるやろか」

与志子は文夫にお酒をついでいる。

「そらもう」

「結婚でけるやろか」

「そらもう」

「早よ、しィたいわァ」

「やっぱり、女にも性欲ありますか、僕、それいちばん疑問に感じてるところです」

文夫は、今度は与志子の盃に日本酒をつぐ。

「なんでそんなん、聞かはりますのん？」

「いや、いま、しィたいわァ、と……」

「あほ。しィたいわァ、いうのは結婚しィたいわァ、いうことやないの」

与志子は怒ってみせたが、文夫の附句がうまくいったので、文夫に好意を感じたらしいさまだった。

そのあいだ、城崎マドカは新しい色紙に、

「朝顔もちいさくなりて　恋終る　　マドカ」

と書いていた。

恋終る、というからには、かの自衛官の恋人は捨てたのか、捨てられたのか。マドカはやや、酒が入ると色魔風になるが、字は思ったより達者で、筆なれしている。字までが色っぽく、ひらがなのつづけ具合がおもしろく美しいのであった。

うどん安珍が、

「また、ええこともおす、いうてまんのに。元気出しなはれ」

といい、慣れた風にその横へ、

「野分《のわき》すぎれば　また菊日和　道昭」

これはたっぷり墨を含ませ、何といってもいちばん達筆であろう。目がさめるような筆跡である。

「嵐がすんでしもたら、また菊のまっさかりの時節になります。そういう心もちですわな」

三枚の色紙の中では、マドカとうどん安珍の組が見た目はいちばん美しいミニ連歌であった。

みんな肩の荷をおろしたように、

「さ、早よ飲も飲も」

といって、梅本がふと、

「おや、和田サンのがない」

「だってあたしは誰も組んでくれないんですよ」

「お一人でやらはったら？」

「いやよ、そんな」

私は拗《す》ねてるのである。

「みーんな、お二人で仲ようにやってるのになんであたしだけ、苦しまんならんの？」

「まあまあ、そう怒らんと。ほな、僕がまた、脇を付けさしてもらいますよってに」

ととりなすのは、あいかわらず気のやさしい、練れたオトナの梅本である。

「それなら、いい」

私はちょっと気をとり直す。しかしそれにしても、だ。私にはほんと、歌に感懐を托したいような恋人はいないのだ。くどきにくる男はたくさんいるが、そういうので、イイ男はいないし、な……。

しかし最後の句とあれば、ここのお寺に会釈《あしらい》をしておかねばならぬであろう。梅本の、

「ごまどうふ　ひろうず　小芋　うまかった」に照応して、私は書こうと思った。

「あら、見んといてよ」

皆の前で筆を持つと、なぜか手が震えてくる。サインペンやボールペンなら震えないのに……えーい、しっかりせいと私は自分を叱《しか》り、

「山寺の　馳走をおがみ　善女《ぜんによ》めく　　あかり」

うーん、と梅本はしばし考えて、

「早いのが取り得です」

といいつつ、

「丹波の月に　宴はたけなわ　　梅本」

「さっ、飲も！」

「一刻も早う、忘れたい。生涯の赤《あか》っ恥《ぱじ》を」

「いや、なかなか。みな、いけましたデ」

てんやわんや、かしましい騒ぎになって、まさに「宴はたけなわ」であった。

お膳はもう引かれているが、うどん安珍がウイスキーと氷と水を運んできた。私の横へ雅子が坐り、

「ちょっとなあ、あかりさん」

という。

「あの梅本サン、どないやのん、あんたのコレ？」

「ちがうわよ」

「ほんなら、べつにかめへんねんな」

「どうぞ」

「話がやけに合うんだなあ。話の合う男はたいていホモが多いけど、そうでもなさそうやし」

「と思うわよ」

そこへマドカが来て、これは私にではなく、

「あの、うどん安珍なあ、あれ、あたしと話あうねん」

と若原雅子にいっていた。

「あたし、安珍と仲よししてもええかしら、ほんのちょっぴり」

「ううん、かめへん。どうぞどうぞ」

と雅子は太っぱらにいっている。

トイレから帰った与志子が加わり、

「あかりなあ、あの山村文夫いう子ォ、あんたの何やのん？」

「何でもないねん、ただの知り合いや」

「ほんなら、つき合《お》うてもええねェな、デートしたそうにいうてやんねん」

「あれ、女の子ォに手ェ早いし」

「大丈夫、あたし、いややいうたらしまいや」

と与志子は三十になって可愛いことをいう。

そうかなあ、男の一念、イヤヨも通す、というのが文夫の信条だから……。

それはそれとして、女たちはそれぞれ思惑があって、ガンをつけたようである。

向うでは男三人、——安珍と梅本、文夫があつまって何がおかしいのか、どっと笑う。

男は男でガンをつけたのであろうか。

4

電話が鳴っている。

私はちょうど風呂から出ようとしているところだった。空色の小さいバスタブから、

「ざぶッ！」

という感じであがったばかりだったのだ。バラの香料入りの石鹼で軀じゅうを念入りに洗い、レモンの匂いのリンスで髪をさっぱり洗って——出ようとしたところである。

秋晴れの日曜、空気は金木犀《きんもくせい》の花の匂いがするという、黄金のような午後。風呂好きの私は機会さえあれば昼風呂に入るのをたのしむ。

野暮な電話は、もし入浴中なら抛《ほ》っとくのであるが——私は電話の奴隷ではないので、

若い者みたいに何が何でも電話が鳴ったら取るということはしない。黙殺するときもある——ちょうどあがったところだったから、ピンクのバスローブをまとって電話に出た。

「あかりさん？　オレ」

と山村文夫なんだ、これが。

「なんや、アンタっていう人は、あたしがハダカでいるときに限って電話かけてくるのね！　いまお風呂へ入ってたとこよ」

私は思わず言ってしまってから、

（あッ！　何もハダカ、なんていわんでもよかったのに。向うからは見えてえへんのやから！）

と思った。なんてそそっかしいんだろう、私って。

果して文夫は「ぎえっ！」というような声をたて、

「誰もそんなこと、聞いてえへんのに、女の人ってフシギやなあ……」

感きわまった声を出す。私は舌を嚙みたいくらい、わが軽率を後悔する。

「女って正直なんよ」

というのが精いっぱい。三十すぎて正直もないもんだ。文夫はすぐ、

「その正直が男の劣情をそそるやないか、いま風呂へ入ってたの、ハダカやの、いわれたら男、ムラムラッとくるやないか」

「昼日中からくるのん？　男って」

「こんなもん、時をきらわず、じゃ。あとの責任取ってくれ、ッちゅうねん。どないしてくれんねん」

と文夫も楽しんでるみたい。

「そんなん、そっちの勝手やないの」

「オレのせいちゃうデ。神サンが男に劣情与えてくれてんさかい。男が悪いのん違《ちゃ》う。男に責任ない。文句はそんな男つくった神サンにいうてッか」

「ほんならあたしも悪うない。正直いうただけやのに、妄想たくましィにするほうが悪いねッ」

「正直なんはアホじゃ。正直なりゃええ、ってもんやない……まだハダカか、風邪ひくで」

「着てます」

といわなければしかたない。それにしてもいつか、角谷《すみたに》のオッサンが「起きた子ォを寝さしてくれな、こまりまッがな。あんたの責任や」などというようなことを言っていたが、なんで男というものは同じようなことをいうのだろうとふしぎだった。私は何も関係ないと思ってるのに、男のほうは私のせいみたいにいうのだ。

しーらんで。しらんで。

こんなとき、大阪のシャレでは「ひとり者《もん》の行水」というのだ。勝手にいうとれ（湯《ゆ》取れ）という意味である。

「今夜、逢《あ》わへんか」

と文夫は元気のいい声である。

「このまえ、あの山寺ではみな酔いつぶれてしもたし、な」

そうなのである。

あの晩、みんなでしゃべり明かし、飲み明かして、とうとう、午前二時ごろ、みなやっと引き取り、私たち女の子はぐっすり眠ったし、文夫も「本堂の隅」も「阿弥陀サンにすんまへんていう」間もなく、バタンと倒れ、梅本と枕を並べて熟睡したそうである。

私は朝の十時ごろに読経の声で目が覚め、

〈ゆうべはちと冷えましたやろ、大事おへんどしたか〉

と、うどん安珍にいわれても、冷えたかどうかおぼえもないほど、眠りこけていた。

二時すぎまで何をしゃべっていたかというと、例の、

「女に性欲があるかどうか」

ということである。男連中は、あるとはどうしても思われへん、という。

〈あるのん、男だけや、思います〉

といちばん熱心に言い張るのは文夫である。

〈どうも女のひと見てたらそんなん関心ないみたいです。全然、考えたことありません、いう顔で、シャーシャー、蛙のツラに小便《しょんべん》、という感じです〉

〈蛙のツラに小便、はないでしょ。そりゃあるわよ〉

と雅子がいい、

〈そやなあ、女の子の関心あるのは五十パーセントまでセックスのことやないかしら。その上に三十パーセントまで男のこと考えてるから、両方合せたら、八十パーセントは、そっちのほうに関心あるわけやわ〉

〈女だってヤリタイ、したいわよ〉

と城崎マドカが甘ったるい声でいった。

〈そうかなあ、そんなん、ハッキリいうてもらわな、わからへん〉

と文夫。

〈あ、そりゃだめよ。女にしたい、といわせるようなんは、アカンのよ……。女がそう思ってるのを察して、タイミングように、迫ってくれる男のひとがええねんわ〉

〈それがわかりまへんなあ〉

と梅本がいう。

〈そのタイミングみつけるのが、男のキャリアなんやろうけど〉

〈女は、態度であらわすから、じーっと見ててもろたらわかるはずよ〉

〈わかりますやろか〉

とうどん安珍は熱心にいう。

〈態度でくどいてるわよ。女の子のほうがほんまは、男を追いかけてる。男は女に追いかけさせるようでないとアカンわ〉

〈女の子に追っかけられるなんて夢みたいな話や〉

文夫はつぶやき、

〈そんなん知らんよってに、一生けんめいこっちからくどいてた〉

〈なんでか男って、くどいてる男は魅力ないのよねえ。逃げる男がよさげにみえる〉

〈ようし。逃げまっせ、これから〉

〈逃げても誰も追っかけないという男もあるし〉

〈そら困ります〉

とにぎやかなことであった。私はしかし、八十パーセント、男やセックスのことを女は考えてるというのには反対である。まあ両方あわせて四十九パーセントくらいかな。

お寺のお風呂へ入れてもらって、青い空に百日紅《さるすべり》の花のむらがるのを見たとき、

（ああ――人生って、ええなあ……）

と思った。それからまた、お料理をいただくときも、心奪われる。更にいえば、今日のように快晴の秋晴れの休日、昼風呂に入り、バラの匂い入り石鹸を使ってるのも人生

のたのしみだし、これはかなり大きい部分を占めており、こういう時間を楽しんでいるときは男は要らんのである。

　しかしそれにしても、旅行などすると、夜の酒場でしか知らない人間の、全く別の姿が出てくるのも面白い。若原雅子は低血圧だか貧血症だかで、朝は全く弱いから、いつまでも寝ているし、山名与志子は甘エタで家ではタテのものをヨコにもしないとみえ、小まわりがきかない。

　色魔でだらしない女とみえていた城崎マドカが、わりにまめまめしく、あとを片付けたりしていた。私が朝起きると、城崎マドカは私よりもっと早く起きていて、もう化粧をした顔で、私ににっこりし、

〈お早うさん〉

と、まだ寝ている雅子や与志子に気を配って小声でいうのもいい。

　私が顔を洗ったりお化粧したりして本堂へ出てみると、マドカは阿弥陀様に合掌して、ちょうどそこへきたうどん安珍に、いろいろ聞いていた。

〈――へーえ、あたしこれ、お釈迦《しゃか》サンや思《おも》てたら、阿弥陀サンですか、どないちがいます〉

〈お釈迦サンは仏サンそのもの、阿弥陀サンは修行しやはって仏サンにならはったン〉

〈お姿やお顔、かわります？〉

〈そうどンなあ、お釈迦サンは右手をあげて左手を膝においてはるの多いけども……〉

〈四月の花まつりの、甘茶かけられてはるのは、一本指の右手あげて左手さげてはりますわね……〉

〈あれは誕生仏いいましてな。お釈迦サンは生れおちるとすぐ三歩あゆんで、天上天《てんじようてん》下唯我独尊《げゆいがどくそん》いやはりましてン。そのお姿どンな。……阿弥陀サンはこのように両手で印《いん》を——指を組んではりますのや。これがお釈迦サンみたい形で、右手は施無畏《せむい》、左手にオクスリの壺《つぼ》もってはったら、薬師如来《やくしにょらい》サン。みなきまってますのや。勝手に手ェの恰好つけてはるのとちがいます。けど、阿弥陀サンを念仏しはったら、必ずええとこへいけますのやで〉

〈ええとこって、極楽浄土ですか〉

〈そうそう、そこやったら、いつまでも死なへん。楽しいとこどす〉

〈男も女もいけますすか〉

〈当り前どすがな。阿弥陀サンはみな救うてくれはりますのや〉

〈ほな、ウチも今日から信心せな。——けど、この阿弥陀サン、おたくにちょっと似てはる。……美男におわす、いうとこやわ〉

〈そんなことおすかいな〉

と二人は楽しそうに笑い合い、「野分《のわき》すぎればまた菊日和」という境地に早くも達しつつあるようであった。

とにかくマドカはわりときちんとし、マメマメしいのであるが、雅子はずいぶんおそく起き、しかも起きぬけの顔ときたら、別人とおどろくばかり、素顔は色の冴えない、疲れた中年女である。

〈朝はあかんねん……〉

といいながらなまあくびばかりしている。

私は、活《かつ》を入れてやろうと思って、

〈あんたなあ、マドカがうどん安珍と仲ようしてるわよ〉

といってやると、

〈そうか、結構なこっちゃな。実はあたし、別のええのん、物色中やねン。ほんまやしィ〉

そんなことをいいつつお化粧をはじめると、みるみる変貌《へんぼう》して、イキイキした若い美女になってゆくのだから、ドラキュラの如くであるのだ。私はまだそこまでいってへんなあ、と思わざるを得ない。

ひょっとしたら雅子は四十くらいになってるかもしれない。与志子はこれは朝から甘いものを食べたりして、全くのねンねである。

おいしい味噌汁とたくあん、小松菜のごまよごし、などで朝食をいただき、裏山を散歩し、山ふもとの、お寺が経営している幼稚園を見学して、たのしい旅を終ったのであるが――。

5

「あの晩のつづき、やりまへんか」

と文夫はしつこく、あきらめてないみたい。

「追っかける男はあかん、て、あのとき結論出たやないの」

「そやさかい、本命は追っかけへんようにする、女に追っかけさせることにする。けどウチウチは、これは別。本音と建前でいうたら、あかりさんは本音のほうやさかいね。本音は僕のほうから追っかけたい」

「何をいうてるのや、なめてるな、あたしを。あたしに追っかけられるくらいになって出直してきなさい」

「そんなん、いわんと。――僕、ほんまいうたら、追っかけられるのん好かんねん」

文夫の声に、ちょいとニュアンスがある。

オヤ。

誰かに追っかけられてるのかいな。

私、鼻は利くほうである。

こんな奴、阿呆《あほ》かいな、と文夫のことを考えてバカにしてるが、この男を追っかける女がいると聞くと（何だ何だ）、と気になるのは矛盾した女心である。

いつぞや文夫に電話したら、女の子から呼び出されてホイホイ出ていったあとだったので、私はカッとしたことをおぼえているが。

「男いうたら猟犬といっしょやな、逃げてるもんを追っかけとうなるのが、男の本性やな。追われて嬉しい男は男ちゃうデ」

文夫はシミジミいう。この雑駁《ざつぱく》男がシミジミいうくらいだから、何ンかあったんだな、と私は猛然と興味をもよおし、

「あんたなんか追っかける女、あンのんかいな」

と鼻で嗤《わら》ってみせる。

「あ、ほんまやから――」

「あたしに焼餅やかそ、なんて、そんな幼稚な手ェは古いわ」

「違《ちゃ》う、ほんまや」

文夫はモロにひっかかってしまう。

「あのなあ、――ええい、いうてまうか、――山名与志子サンや」

「あれま」

「名刺欲し、いうさかい、あげたら、よう会社へ電話、かけはンねん」

この敬語には本来の敬意のほかに、やや、軽侮をひびかせている。大阪弁の敬語には軽侮を添えやすい仕組みがある。

「手紙は家へくるし、な」

「あんた、おうちのアドレスも教えたの」

「教えて、いいはるよってに」

「そない来るのん？　手紙」

「これがまた、花模様やら真っ赤な封筒で、お袋や兄貴の女房《よめはん》にひやかされてな」

「へー」

与志子の奴、私にはあれからそんなこと、気《け》ぶりにも出さないのに。

もっとも与志子は、私と文夫の仲については何も知らないのであるから、いちいち報告する必要はないと思ってるであろう。

「そうか、与志子がなあ……」

と私はおかしかった。

「いよいよ、『乗り合い馬車で恋も生れる』になるかなあ」

「いやあ、かんにんしてほし」

「あんた、嫌いか、あの子」

「嫌いやないけど、ちょっとまごつくねん、電話の声は可愛《かい》らしし、手紙見たら高校生みたいやけど、会《お》うたらオトナやし、そのアンバランスにまごつくとこ、あるねッ」

「でもあの子は、精神状態は十八、九やデ」

「そやな」

と文夫は、そこはみとめ、

「いまどきの十八、九はすれっからし多いけど、山名サンはおっとりしてはるからな、かえって若い子より女らしいとこある」

「処女やし」

と私は煽《あお》ってやる。

「ほんまか!? ま、そんなことはどっちゃでもええけど」

しかし文夫は梅本のように「処女最低説」ではないらしく、

「ふーん。処女いうたら、あんな顔つき、してるのんかなあ。稀少価値はあるな」

と与志子の顔を記憶で反芻《はんすう》するようであった。かなり関心持った感じで、

「何し、今日び、女子大なんかでもほとんどおらへん、いうから。処女は」

「そんなの、世間のつまらん俗説やわ、それよか、与志子の手紙、なに書いてやるのん」

「べつに。『落葉のふる音がきこえます……』なんて書いたァるねッ。オレ、落葉なんて今まで気ィつけて見たこともないし、字ィも見たことなかったもんな。手紙見て、そ

んなもん、この世にあることはじめて思い出したデ」

それで、二人で笑ってしまった。どんな顔をして与志子がそんな手紙を文夫に送ったのだろうと思うと私はおかしいが、

「嬉しやろ、久しぶりで女の子に手紙もらうのも」

「うん、中学生のとき以来や――わるい気ィはせえへんけどな」

文夫は正直な点もあるわけである。

「これが矛盾しとるんや――ええい、いうてまうか」（かなり文夫には秘密がありそう。あるいはそれを私に打ちあけたくて電話してきたのかもしれない）「会いたい、いわはるさかい会《お》うたらナ、あんまり話も弾まへんし、な。お酒飲みにいったらすぐ門限や、いうて帰りはるし、な。暗いとこへいって立ち止らはるよって、かめへんのかいな、思《おも》てキスしよ、思たら――」

「えっ、あんた、そんなことしたん、やっぱり手ェ早いな」

「いやその、――ええい、いうてまうか――お酒のんで、『ワタシどこへでもいきます』いいはるさかい、ホテルにさそうたら」

「えっ、そこまでやったん」

「いやな、その――ええい、いうてまうか――前までいって逃げられてしもた。その次に会《お》うたとき、キスしよ思《おも》たら、『結婚してくれますか』いわれてしもて、げんなりし

た」

私は笑わないではいられない。与志子のいいそうなことだ。

「結婚なんて考えてない。けど、手紙見たら、いまにもホテル行きそうなこと書いたァるのに、会《お》うたらガードかたいんや、『無駄な貞操はやめろ』いうたってくれへんか、あかりさんから」

また、二人で笑ってしまった。こんなところの面白がり度が、私と文夫はよく合って楽しい。

「そうかァ……与志子はあんたに惚れたらしいな、おもちろ」

「おもちろいかもしらんけど、こっちはかなわんデ。思わせぶりばっかりされて実質、何もええことあれへん」

「そこが処女のスタイルやわ。処女に思われるなんて、たのしいやないの」

「勝手に思てはんねん、ほんまに思てくれてんのやったら、さっさとホテルにつきおうてくれてもええやないか」

「呆れてしまうわ、あんたって、そういう即物的なことしか考えられへんの、要はココロよ、処女の片思いの、おくゆかしい風情を尊重したげなさいよ、落葉だけやあらへん、世の中には片思い、先方がどう思おうと、自分はあの人が好き、それだけでエエ、という片思いという美しいコトバがあんのよ。与志子はいまや、それよ」

ヒトゴトと思うから私はいい気分でしゃべっている。

「片思い、いう言葉、あンねやったら、片ぎらい、いうのもあるやろ、オレ、思わせぶりきらいや、ホテルの前までついて来て、急に逃げていく、ちゅうような、メシと酒、奢らしといて、キスもさせへん、ちゅうような、これは不良貸付やな、返ってくるもんあらへん、こんなんきらいや。オレ、山名ハンには片ぎらいの感情持ってるな」

文夫は山名与志子のことをしゃべりたかったのかもしれない。ぶっちゃけるように一息にしゃべりたて、

「そやから」

と、受話器をもちかえたらしく、

「あかりさんと、二人きりで会いとうなるねン。口直しや」

「フン。あたしも口直しになんか、会うの、いやよ。前にもいうたでしょ、同じことよ、五階まで上って何にもなしに降りていくのはしんどい、って、あんた、このまえ言うてたやないの」

「くそう——どっちもこっちもようい うわ」

「あんたが悪いねん。そっちの都合に合せて女を道具みたいにいうからや。そんなんはオカネ使《つこ》うてさせてくれるところへ、いきなさい」

「坊ンさんのハリツケや、そういうとこは」

と文夫はいい、私たちは思わず二人でまた、ゲラゲラ笑ってしまう。これは「高うつく」——蛸《たこ》突くで、坊ンさんのハリツケという、大阪弁のシャレである。こんなことを言い合っているとき、私は文夫が好きである。しかし何としても、文夫と、もう元のような関係に戻る気になれない。切実に寝たいと思わない、というのは、これはやはり文夫のいうように「女に性欲がない」ためであろうか、私はべつに女の不能者とは思わないが、何しろ女はその気になっても、日ニチを勘定しないといけなかったり、この日からこの日までダメ、とか、もうやたら、手がこんでるんだもの、いつでも、というわけにいかない。

金銭ずくや義理がらみになっていない自由な女は、それだけに手順や配慮が要る。中学生や高校生のあばずれみたいに、前後もわきまえず、というわけにはいかないのだ。

「じゃ、まあ、ひたすら与志子をくどきおとすことね」

「いや、何し、あっちはやっぱりちょっと手ェ出しにくい、処女はむつかしい、あとの責任取らされてもこまる」

「おやおや」

私は笑っていたが、少し、かちんとくる。

「じゃ、あたしは責任とらなくていい、というわけ、ああそう、商売の女《ひと》は坊ンさんのハリツケやし、タダで責任とらんでもええあたしなら、ぴったり好都合というわけ？」

「怒ってるんやないやろうねえ……」

「怒ってないけどさ……まあ、そのうちにね」

「そのうち、っていつ？」

「そのうちはそのうちよ」

私は電話を切る。そのうち、というのはハイ・ミス用語で、「オシマイ」ということをわからんかなあ。

しかし山名与志子がそこまで積極的に出てくるとは思わなんだ。これはこれは、という気分である。

そのとき、ドアがノックされた。

「ちょっと待って下さい」

と私はあわてていい、セーターと、だぶだぶパンツ（これは厚手の生《き》なりのコットンである）に着更える。あの、隣の進学塾の講師である。

このまえ、彼がソファを担ぎあげてくれたとき、

〈これをどないしますねん、脚、つけるんですか〉

というから、

〈ちがうちがう、取るんです〉

といったら、

〈やったげましょうか、僕、わりと工作好きなんです〉

というから頼んだのだ。彼は仕事のない日曜に、いっぺん来てやるといってくれたのだ。

ドアの外に男は、道具袋のごときものを持って立っていた。ひときわ、仏頂面でいるが、これはこの男のくせなのかもしれない。

「来ました」

と男は、もちまえの大きい声で言った。そして私の顔をまともに見ないで、まぶしそうにバシバシと目をしばたたく。

「どういう風になおしますか」

男は私にまず新聞紙を出させ、床に敷いてそこへ道具袋の中のものを出した。

それらは手なれていて、よく使いこまれた感じであった。私がそういうと、

「そうス。使いこんでますなあ。体といっしょで道具も使いこまな、あかん。——オタクもよう使いこんではるみたいやなあ」

ヘンな男である。

どこをどう使いこんでる、というのだ。

いこけーについて

1

その男は吉崎久太《よしざききゅうた》というのである。

大阪の私立男子高校の数学教師をしていて、アルバイトに隣の進学塾の講師もしているのだそう。

「このごろの生徒は先生《せんせ》つかまえて、『おいオマエなあ』なんていう奴多いさかい、ボ、僕も対抗上、ガラ悪うなったです」

と吉崎はいう。私が、

「それでも、この頃は『オマエら、アホじゃ、カスじゃ、死ね、とんま!』が聞えなくなったみたい」

といったら、

「ボ、僕、いいかけて、ハッとやめたりする。それに、窓、閉めてますから」

と彼はいい、

「いやしかし、ボケーッとして阿呆みたいなんも多いんやからね、今日びの子供は」

「どなたって逆効果じゃありません？」

「いや、ボロクソにいうたると、奴ら喜ぶ。自分らのこと考えてくれるのん、センセだけやなんていうね」

「いやらしい」

「何しろ、家ではハレモンにさわるように大事にされ、学校でも抛《ほ》ったらかしになっとるのが多いですから。叱ると喜んどる奴、多い」

「アホじゃ、カスじゃ、死ね、とんまといわれて喜ぶなんて、マゾやわ」

「ボ、僕は、別にあんな奴ら可愛いとは思わんけど、しかし、こない出来《でけ》へんのではどうせ先になると落ちこぼれるにきまってるさかいね。――ちょっとでも基礎、叩きこんだろ、思《おも》たら、つい、カッとなってしまう……」

と彼は言いかけて、

「これ、うしろは切らな、あかんスな」

そのソファは、前の二本の脚はネジこむようになっている。その一本が失われているので、もう一つの脚もはずせばよいだけだが、後の脚は背もたれの部分から、そのまま反《そ》った木が下へ延びて脚になっている。

「ほんまに切るんですな」

と念を押して、彼はソファを床に横たえ、宙につき出た脚を鋸《のこぎり》で引きはじめた。

「おたく、器用なのね」

「ボ、僕の祖父《じい》ちゃんは大工でした。親爺《おやじ》はサラリーマンですが、じいちゃんは死ぬまで大工しとったです。僕も好きで、大工になりたかったんやけど、センセになってしもた」

男はすこし、どもりぐせがあるが、わりと、

「しゃべりン」

のようである。そうして口に劣らず、手もよく動く。逆立った剛《こわ》い髪をふりたて、どんぐり眼《まなこ》をかっとみひらいて、やや出歯気味の大きな口を引きしめ、一心不乱という感じで鋸を扱い、脚を切り落してゆく。

「棚、吊るところあったら、したげますよ。把手《とって》をつけるとか、蝶番《ちょうつがい》がはずれるとか、戸車つけかえるとか——ボ、僕、『東急ハンズ』が好きで、よう行きますから、要るもんあったら買《こ》うてきます」

ギーコギーコの鋸の音につれ、彼の声はおのずから野太く、高くなる。

もともと、声の大きい男であるようだ。それにもうひとつわかったのは、見かけによらずこの男、マメマメしく親切であるようである。それははじめに私がこのソファとシ

ョッピングカーを引きずって歩いていたとき、同情して、ヒョイとかついでくれたことを見てもわかる。

私は梅本がマメマメしく料理をしてくれたのを見て、「いや、便利な男だあ」と感じ入り、こういう男は亭主に持つといいなあ、と思ったが、吉崎久太の工作趣味にも、

（便利な存在だなあ！）

という感を深くした。男も今日びは、働いて金をとってくるというだけでは、セールスポイントにならない。巣づくりの技能に、何か一つ二つ特技がなくては売り込めない。花嫁修行というのがあるから、花婿修行があってもいい。料理、工作、編物、育児、とそれぞれ得手のものを持っているほうが、男も、売れくちは早いかもしれない。

そんなことを考えてぼんやりしてたら、

「できた。これ、どうしますか、どこへ置きますか」

と吉崎はいった。

「脚を取ってしもてどうするんです」

「ぺたんと置いておくんです、壁ぎわへ。そう、そこ……」

うまくいった。思ってた通りのコーナーになった。これでクッションを積んであしらえば、

（坐ってくつろいで飲むコーナー）

になる。また、梅本の話のように、

（自然に手が出る、劣情をそそるコーナー、あぐらをかいたら身動きもならず、膝をつき合せているうち、男の劣情を刺激するコーナー）

となったように思う。

私は大いに満足した。しかしそれをこの男にいってもしようがない。いまのところ、この男とくつろいで飲む予定はないのである。

借りマンションだから棚を吊ることもできない。私はまた何か思いついたら頼むことにした。彼は拍子ぬけしたようであった。椅子にもっと手のこんだ細工を加えるように思っていたのかもしれない。じろじろ周りを見、

「ここへ置いとくのなら、背の低い小さい、キャスターつきの机でも作ったらどないです。丸か細長か——ペンキ塗ってもええし、ラッカーでも」

「ほんまやわ、それもええわ」

「二十センチか三十センチぐらいの高さでええな」

彼は自分の部屋のようにいい、

「丸よりは細長のほうがええな。落ちつきますよ」

「じゃァ、作って下さい」

「まかしなさい」

ということになってしまう。この男はわりにおせっかいでもあるようであった。

「次の日曜にまた来ます」

「そうね」

坐って足を投げ出し、くつろいで飲むコーナーに、小さな、キャスター付きの机——なんて想像すると、私はとみに気がはずみ、私はこの男には〈そのうち、ね〉なんていえないのである。

「白いペンキを塗ってくれる?」

なんていってしまう。彼は物指で高さや横幅をはかって見、

「このぐらいの小さいものでええでしょう。あんまり大きいと、この部屋が狭《せも》うなる」

「あら、もっと小さいもの、うんと小さく」

「しかし茶瓶《ちゃびん》とかティッシュの箱をのせるんでしょう?」

なんでティッシュや茶瓶なんかのせねばならないのだ、この「劣情コーナー」に。私は劣情ともいえないので、その一隅を、これから「しみじみコーナー」という名にする。

「そんなの、要らないの。グラス、小皿、水差し、——それぐらいがのればいいの、ガラスの小さい灰皿ぐらいかな、ほかには」

「本ものせたり——」

「本なんか読んでるヒマ、ないんじゃないかなあ」

「あ、テレビ見るのか、そんなら、テレビのほうの向きをかえな、いかんですな」

「テレビ見るんじゃないったら！」

「ここでボーとしてるだけ？」

「何してたってええやないの」

「うん、そらそうです。オタクの部屋やからなあ。——次の日曜まではできたらもってきます」

「お礼しますから」

「そんなん要らんです。板代だけ実費でもろたらよろし」

私はキッチンで彼にコーヒーをご馳走した。

彼はブラックでいいといってインスタントのコーヒーをスプーンに二杯入れた。

「どうなの、最近『いこけー』のクチはうまくいってますか」

私がひやかすと、吉崎は口を開《あ》けて天井を向いて笑う。そうして私と、そういう話題についてしゃべる機会がきたのを喜ぶように、身を乗り出した。

「こ、このあいだですね……ボ、僕は」

彼は気持がたかぶると、すこしどもるようであった。

「女の子とええ感じでデートしとった。公園でしゃべっとったです。話がええあんばいにいって、その、これからメシ食うてホテルへいけるかナーというときに……」

「なんでオタクって、そっちの方面の話ばかりになるんでしょ。ぶっちゃけた話ばかりね」

ほんとに男ってふしぎ。文夫といい、この男といい。それとも私という女には、男をして「ぶっちゃけた話」をさせる何かがあるのかしら。

「そこへ赤ん坊連れた若い夫婦が来て、ベンチの端っこに坐ったんですワ。――これがいかんです」

「どうしてですか」

「なんでって、彼女は赤ん坊のほうばっかり、見とるのですよ」

「ハア……」

「しまいに『可愛らしいわ、可愛らしいわ』と夢中になって『抱かしてもろてもええかしらん』そんで抱いて『アババ、クチュクチュ、バー』なんてやってる」

「オタク抛っといて」

「ボ、僕のことなんか眼中にないようになってる。あれは何ですかね、女というもんは赤ん坊見たら条件反射的に手が出て、ヨダレたれそうに『クチュクチュ、アババ』というんですか」

「さあ。ま、きらいという人もあるやろうけどねえ……」

「みな、子供好きとしか思われへん。そこが男とちがう。男は横に赤ん坊なんか来たらうるさいばかりです。あほらしい。ヒトの子供に興味なんかあれへん。ヒャー、餓鬼《がき》来た、と迷惑になるばかり、それを女は『可愛い、可愛い』と相手になっとる」

「うーむ。あたしも赤ん坊見るのは面白いけど、男の人といるときは避けるわね」

「それが礼儀ちゃいますか」

と吉崎はいうが、ヘンな男といるよりはヨソの赤ん坊の相手してるほうが楽しいときもあるし、なあ。

「とにかくその子は赤ん坊に夢中になってしもて、急に気がかわってしもた」

「おやおや」

「『やっぱり家庭をつくるってええわねえ』ときた」

「あらま」

「『赤ちゃんは早くつくったほうがええわねえ、ダイアナさんももう二人めよ』というんですワ。なんで女ってヨソの女とくらべるんですか、ましてダイアナに張り合うこと、ないやないですか」

私は笑ってしまう。

「赤ん坊で気勢そがれて、その日の予定はお流れになってしもた」

吉崎久太は口ほども気を落しているようすはなく、

「その次にはですね、ボ、僕は前からねろてる知り合いの女センセイとデートしとった」

「同じ学校の」

「いや、同じやない。ウチの高校は男の先生ばっかし。この女センセイ、ボ、僕のアパートへ来て半日居《お》った。そのつもりやな、と思うから、ボ、僕は女センセイがトイレへいったすきにササーッと蒲団敷いた」

「ちょっとあんまりムキツケみたい」

「トイレは廊下の端っこにある——帰ってきた女センセイ、蒲団見て見んふりするんですワ。それから『ねえ、もしアメリカとソ連と戦争したら、どっち勝つと思う?』なんて言い出す。知らんがな、そんなこと」

「急に思いついたのかな」

「間《ま》がわるかったらしい。ボ、僕はそんなん、どっち勝ってもええやん、と思《おも》たけど、彼女怒らしたらあかん思うたんですワ。寝たい一心で『アメリカ』と口から出まかせいうた」

「言わんでもええのに」

私は笑ってしまう。

「オタクねえ、そんなことというより、行動あるのみのほうがよかったのに」

「しかし、蒲団敷いてんの見たら、男の気持、わかりそうなもんやないですか」

「女はね、そんなん、いやなんですよ。そんなことより、もっと耳にキモチのいいセリフをいうてもらうほうがいい、それとも蒲団敷いたらもうゴジャゴジャ、いわさないほうがいい」

「しかし、ボ、僕は、ちゃんと返事せんといかん思うて、『アメリカ勝つ』いうたら、彼女はソ連やという。ソ連兵いうのは物凄う強い、と。僕はソ連はトップを殺したらすぐ負けよるやろ、いうと、彼女は、アメリカに中国が味方しよる、と。中国がアメリカなんか束になってもあかんという。僕は、アメリカにいたら、ソ連かて、あかへんぜ、と果しない議論になってしもた」

「あほちゃう」

「い、一向に、『いこけー』になりませんなあ」

　吉崎は頭の地をがりがりと掻《か》いた。

「ああ、こうやって、永遠に『いこけー』といえず、トシとるのかと思うと、いっそ、早よ結婚でもしよか、思うんですワ。――和田サンどうですか、女は男とちがうのかな、それとも女は『いこけー』いうたら、男がすぐついてくるのかな、こんなん考えてんの、阿呆らしいさかい、ボ、僕もう早よ、誰でもええ、結婚しよかしらん思うたり」

「誰でもいいんですか!?　相手は」

「はァ。もうしみじみ、『いこけー』と誘うのに疲れたです」

「結婚したら、誘わなくてすむと思ってるんですか」

「そら、そうです。そやから夫婦です。もう『いこけー』いわんでも寝てくれる。それも、お金要らんのです。結婚て、たすかりますなあ」

なんで私の手許《てもと》に集ってくるカードの男は、みながみな、欲望ガリガリ亡者ばかりなのだ。欲望と金とセットになったガリガリだ。

そんなもんじゃなく、

「夫と妻だって、やっぱりロマン、なんてのがほしいですわ。愛すればこそ寝るんです。結婚したからじゃありません！」

私は切口上になってくる。

こんな奴にコーヒーを飲ませてやることなんか、なかったんだ。

「なんてこと考えてるんでしょ、男の人って。お金がたすかるから、結婚するんですか」

「男はみな、そや、思いますが。ボ、僕だけやなく……」

吉崎は急に私がつんけんしたので、少しまごついたようであった。

「それはおたくが『いこけー精神』だからそうなんです。でもあたしは、結婚にもっと夢があるわ、いえ、あたしだけやありません。女やったら、みなそうや思うわ」

この男と同じようなことを文夫もいうけれど、文夫はまだ若いから可愛げもある。しかしイイとしをしたこの男が、ぎょろりとしてマジにいうと、あんまり正直なだけに女は白《しら》けるのである。

女というものは、

(ウソだ)

と思っていても、酔わされるのが好きなんである。

私がにわかに不興になったのを感じとって、

「……そろそろ、帰るかな」

と彼は道具をあわててまとめはじめた。

正直な本音をいって私に嫌われた彼を見てると、男の哀れさみたいなものが、一抹、心の中に湧《わ》く。しかしなんでこう、男って哀れなトコがあるのかしら。女友達を見ても哀れという気はしないのに、なぜか男は、文夫といい、吉崎久太といい、うどん安珍といい、一抹の哀れさがあるのはなぜであろうか。

哀れさがないのは、梅本だけかもしれないな。

2

その梅本のところへ、電話がかかってきた。

私は会社では梅本と机を並べている。何気なく取って聞いたら、

「梅本サンお願いします」

とキビキビした女の声である。聞いたような声だと思ったが、すぐ梅本に渡した。プライベートな話らしくて、梅本が色白の顔をぱっと輝かすのがわかった。ちょうど私は書類が出来上り、専務に判コをもらいにいかないといけなかったので席を起った。

帰ってみると、梅本は読んでいた仏文の輸出書類を置いて、にこにこと顔を上げ、

「和田サンによろしく、っていうてました」

「誰が」

「若原サンです。さっきの電話、若原雅子サンでした」

「あ、なるほど」

聞いたような声のはずである。

それにしても、雅子が梅本に電話するほど、二人の仲は進んでいるのだろうか。山名与志子と文夫の例があるからわからないが……。

梅本はオトナの男らしく、雅子のことについては何もしゃべらない。文夫がぺらぺらと与志子のことをうちあけ、

〈『無駄な貞操はやめろ』いうてんか〉

などというような、はしたないことはしないのである。

しかしそれならそれで、私は急に気になってきた。

かの、吉崎久太が、〈なんで女ってヨソの女とくらべるんですか〉といったが、山寺の精進料理以来、ヨソの女たちがそれぞれの相手と仲よくなってるのに、私ひとり宙ぶらりんでは処置なしではないか。

みっともない。

しかし梅本は涼しい顔で仕事をつづけているので、

（あれから雅子サンとデートしてますか）

ともいいにくい。いいにくくさせるオトナの身だしなみのよさ、というものを梅本は持っており、そこが私の敬意をそそるのである。

かつ、そのへんの涼やかなたたずまいが、モノのわからぬ若い女の子には、〈どことなく、男の匂い、せえへん〉と阿呆なことをいわせるのかもしれないが、その節度が紳士というものであろう。

しかし私は好奇心ではちきれんばかりになっている。

その晩「テリトリー」へいってみた。もしかして雅子が来てるかな、と思ったのだが、彼女は来ていない。あの電話がデートの打ち合せならば、来ているはずはないのである。

そのかわり城崎マドカがいた。

何となく久しぶり、って感じでなつかしかったが、マドカも、

「お酒飲むの、久しぶりなんよ」

とにっこりしていた。

「へー。あんた依存症かと思ってたのに」

「まさかァ。あたしそれほど鬱屈《うっくつ》してないわよ。男と一緒の酒は好きやけど、さ。——実はちょっと忙しくてね、このところ」

「残業?」

「ううん。勉強はじめたんだ」

「あ、外国旅行のための即席英会話」

「ちがうって」

マドカは笑い出し、

「幼稚園の先生の免状取ろうと思って。保母になりたいの」

「いや、それは。リッパというか、けなげというべきか。でもあんた、そんなに子供好きだったけ」

と私がいったら、マドカは水割りのグラスをおいてもうたまらないように笑い、

「このあいだ山のお寺へいって、ふもとの幼稚園見たでしょ」

「うん、うん」

「あそこのナンでね、あたしも保母の資格、あったほうがええ、ということになって。来年、試験受けるねん」

「あそこへ勤めるの、あの兵庫のチベットの幼稚園へ」

「あら、あそこ『ひかりのふね』幼稚園というのよ。チベットやないわ」

それからマドカのいうことを聞くと、私はびっくらすることばかり。マドカはうどん安珍とこのさき、

「やっていく」

ことにきめたというのだ。

マドカの親類に大阪のお寺があり、そこに仲に入ってもらう手はずも（彼女とうどん安珍の間だけであるが）とりきめられているという。

「あたしなあ。道昭《どうしょう》さんのお母さんのあとついで、あこの幼稚園の仕事せんならんし、お寺の奥さんはものすごう、忙しいらしいねン。それ聞いて、意欲そそられてン」

「フーン」

というばかりであった。

マドカは若いし、きれいな子だし、愛想のいい子であるから、山寺の奥さんとしてやっていけるかもしれないが、いつのまにそこまで話がすすんだものであろう。

「あんた、そら、話、早いわ。どっちも遊んでるもン。あ、これやな、思《おも》たらドンドン、話すすめてしまうわ。グズグズして長引くのは経験不足で高望みするからやしィ……あたし嬉しィわ。過ぎた男はんや思てんねん。このごろ、あんた、ウチこんなんまで勉強

してんねんし」

とマドカはハンドバッグを引きよせ、小型の文庫本型のパンフレットを出してみせた。

『慈悲のこころ――南無阿弥陀仏の有難さ――』というのである。

しかしそれよりも、もっと私をおどろかしたのは、雅子のことである。

「若原サンはなあ、梅本サンとかなりもう、深いデ。結婚するかどうかは知らんけど」

とマドカはいい、

「うそやろ、まさか」

私はグラスを置いて叫んだ。

あの、どんな女にも、

「ソノ気にならない」

と言っている梅本、「二人でしゃべる仲」がいちばんいいという男、私の部屋へ来てもチラともベッドのほうを見ない、おしゃべりに夢中の男、話が合っても擦りよって来ようとしない男が、なんで「深く」なれるのだ！

「だってそう、雅子がいったもん。お寺から帰ってすぐ、の時分かららしいわよ。あたしたちより早かった、っていってたもん」

ふーん。

私は生れて三十一年にして、大感慨をはじめてもよおす。

そうかァ。「ソノ気にならぬ」というのは相手次第であったのだ。何が「二人でしゃべる仲が最高」だ。要するに梅本は私が相手ではアカンかったのである。節度が何や、というねん。

私は完全におちこんでしまう。

全人格を否定された気になってしまう。

「おや、雨風になったみたい。台風がきてる、っていうから……帰ろ、帰ろ」

とマドカはいい、

「地下鉄までいっしょにいこか？」

「あんた、先に帰んなさいよ」

私は酒に溺《おぼ》れたい心境である。

「そうか、ほんなら帰るわ、帰って読まんならん本いっぱいあるねん。お酒も当分、縁切りやわ」

マドカは幸福のエゴではちきれんばかりになって含み笑いを洩らしつつ、帰っていく。

3

梅本と若原雅子の関係に気を揉むなんて、私もオバンになったとつくづく思わざるを得ない。昔の私なら、誰が誰とナニをしようが知ったこっちゃ、なかったのだ。

ともかく自分のことばっかりに興味があったのだ。

関心があるのは自分に関することだけであった。

あの男は私に気があるかないか!?

私のことを憎からず思ってるかどうか!?

あの男と、この男では、私はどっちが好きか!?

そんなことばかり考えてた。

それが、ヨソの男と女の間が気になるなんて、老化のきざしである。街へ出てミニスカートの若い子がいたら、つい意地わるく、じーっと視線を脚にそそいだり、ディスコへいくより「おいでやす」で飲み食べしたくなったり、肺ガンや肌荒れを気にして煙草を手にとるのをためらったりするのはまだオバン度が低いほうである。

ヒトの交際に心がさざ波立つのは、かなりオバン度がたかい。

しかも、つい近間《ちかま》にいる男が、何くわぬ顔をして女とつき合ってるなんて、

(許せない)

と思うのが、オバンのオバンたる所以《ゆえん》でなくてなんであろう。

私は、梅本と雅子のツキアイよりも、自分のオバン度にがっくり、来てしまった。しかし無理もないのだ。マドカはうどん安珍のおくさんになるつもりらしいし、与志子は与志子で、このあいだ電話をかけてきて、

〈ちょっと、あの山村文夫クンなあ、あれ三男坊や、いうてやるけど、ほんま?〉

　と聞くのである。

〈そうらしいわよ〉

　と私が何気なくいうと、

〈そうか、ほんなら、養子に来やってもええわけやな、ウチのオ母チャンがなあ、『カンカンさん』で見てもろたら、年まわりから相性、バッチリや、いうてたけど、問題は養子に来るかどうか、ということだけやってん。そうか、三男か、ふーん〉

　と、なぜか分らぬが、くすくす笑って私の返事も聞かず、電話を切ってしまう。けったくそわるい。文夫のことは、捨てても一向、惜しくない札だと思っているにかかわらず、ほかの女が手を出して攫《さら》いかけると、

(ちょっと。そんなこと、あり?……)

　といいたくなるのだから、ヘンだ。

　そんなわけで、会社で机を並べている同僚の梅本が、雅子と「ワケあり」らしいと知っては、平静でおれ、というほうがむりである。

　梅本のようすは、こっちのほうは平静そのもので、いつもとかわらず、それどころか、

「どうですか、和田サン。久しぶりに」

「ハア?」

「どこかへ寄りませんか、今夜あたり」

「そうね」と考えてたら、

「サラリー日のあとで混んでるかな。今夜は僕に奢らせて下さい」

「おやおや。嬉しいことでもありました？」

「いやいや」

なんていう顔が、思いなしか、ツヤヤカだった。

もしかして、彼は雅子とのことをしゃべりたいのかもしれない。せつないような、聞きたいような、私は梅本に惚れてるわけでもないのに胸苦しい嫉妬《しっと》が渦巻くのである。かなりキチンとした女だ、と私は自分でプライドを持っているのに、これは何としたことであろうか。

どうせそうなら、美味《おい》しいものを食べてやろうと思い、「とことん」へ彼を案内する。

私は女友達とはくるけれど、

「ここへは男の人とは来ないのよ、男の人にはナイショのお店……」

と梅本にいった。梅本はおしぼりで手を拭きつつ、白木のカウンターに肘《ひじ》をつき、清潔な店内を見廻し、

「いやー、いいところですね、女の子ごのみというか、うまいもんどころ、という気分です」

と嬉しそうだった。「季節おん料理」はそういう、味と雰囲気のわかる人に食べさせなければ値打ちがない。

「今年は松茸が不作でしてなあ」

とマスターは残念そうにいいつつ、土瓶《どびん》むしを出してくれる。松茸のいい匂いをたのしみつつ、そっと蓋《ふた》をとると、三つ葉が青々と浮いていて、これはオトナのたべもの——というところだが、梅本は、それよりひらめの刺身からはじめていた。そうして、

「男はどうも、お汁《つゆ》もので腹をふくらせるというのが勿体《もったい》なくてね。これは男であるせいか、酒飲みであるせいか、どっちですかねえ」

私には梅本が、男百パーセントとも思えないし、酒飲みとも思えない。何しろ、私の部屋へ梅本を請《しょう》じ入れても平気であるのだから、どこということなく男のカズに入れてないところがある。また、酒飲みというけれど、顔を見てると、そうも思えない。その割に、酒があんがい強いのは、あとでだんだんわかってきたけど。

「どうしても歯ごたえのあるものに手が出ます。しかし女の人はお汁《つゆ》の美味しいのが好きでしょう？」

「そうね、吸物もたのしみの一つにしてますわ」

「僕は朝の味噌汁のほかはうまいとは思えませんね、いや、まずくはないけど——。次はえびしんじょにするかな」

と全く、ご馳走のほかは他意ないさまだった。

「若原サンとちょくちょく、会う？」

と水を向けてやったら、

「話が合いますから。――いや、和田サンの友人はみなすてきですが、とりわけ若原サンはよろしい。オトナの女です。年上女の魅力、というのをあまさず備えてます。『青年の主張』やないが、『年増の主張』というのを持ってる」

「あたしは持ってない？」

なんでそこへくるのか、私は、ホカの女がほめられてるとつい、そういってしまう。

「和田サンは大ありですよ。和田サンはちゃんと主張をもってはる。『アタシ、こうしたい、こうしたいの、こうさせてえ』ということがはっきりしてる。あの、女の人の中には、自分が何したいかようわからん、という人も多いし、自分の好みも確立してない、という人がいますね。和田サンはちがいます。オタクは人生の好み、ファッションやたべもの、生きかたの好み、というものが、しっかりしていらっしゃる」

「えへへへ」

ほめられていい気持にさせられるところは、私の甘さであるけれど、梅本の如才なさというか、やさしいところであるのだ。それに、私にはたしかに、「こうさせてえ」と主張するところがある。

「若原サンは、ですね」

と梅本は私のお猪口《ちょこ》に日本酒をつぎつつ、

「あの人は『年増の主張』があるわりに、どこか心もとない、気になる脆《もろ》さがある……」

「は？」

「あたしだって、そう強くありませんよ」

梅本は私の口調にびっくりした顔をみせたので、私ははっとする。何で私はすぐ張り合うのか、人がホカの女をホメると、「私だってあなた……」とつい自分の身とひきくらべてしまう。これはつまり、

（ホカの女をホメるなってば！　私のことだけホメてよ！）

ということなのだ。

べつに梅本にホメられたからって、どうということはないのに。

「いやしかし、和田サンは強くたくましい」

梅本はもう、眼もとを薄赤くして、なまめかしくなっている。

「そやから僕は、和田サンとこうやって、おしゃべりするのが大好きなんです。美人で女らしい色気があり……」

私は徳利を持ちあげて梅本についでやりつつ、

「まあ、どうぞ一杯……」

といったが（そこんとこもっと補足してくわしくしゃべってえ！）と言いたい気持でいっぱいだった。

「やさしいけど節度あり、親しんで狎《な》れずという程のよさが、たまりません」

私はにこにこと顔がほころんでくるのを隠すべく、顔を皿に伏せて、食べるのに気をとられるふりをする。

「和田サンとおしゃべりするのは最高です。ほら、お宅へうかがったとき、僕が若い女の子のワルクチを言い出したら、和田サン、すぐはぐらかしましたね。そういう大人の節度がすてきです。そやから僕、安心して和田サンとおしゃべりできるんです。まあいうたら、男友達のよさと、女の人のよさを双方、持ってる、いうか……」

私は得意になり、

「そんなこと……」

といったが、一面、不安な予感もするのであった。あとへ何がつづくかわからぬからである。

「得がたい存在です」

と言いつつ梅本はフーフーと、えびしんじょをたべている。

「しかし」

とまた、私に酒をつぎつつ、

「若原サンのほうは、『年増の主張』がありながら、時々、クラッと引っくり返って、弱い女になってしまう。一分のスキもないような人が、ふと、『淋《さび》しいの、あたし』なんていうと、いとおしくなってくるところがありますね」

「そんなこというたんですか、あの人」

「物のたとえですよ」

と梅本はいったが、こらえ切れないように顔をほころばせた。それで私には、若原雅子が梅本の前で、

〈淋しいの、あたし〉

とがっくり崩折れてみせたのを信ずることができた。何が〈淋しいの、あたし〉だ。この前、会社へかかってきた彼女の声を聞くがよい。いかにもキビキビしていたではないか。〈淋しいの、あたし〉なんて演技にきまってる。

しかし演技にしろ何にしろ、

「そこが、何とも可憐《かれん》でしてねえ……。若い女の子の可憐なんて底が知れてるんですよ。目ぱちくり人形の、レースひらひらの花嫁衣裳を着たがるだけの女の子が、ですね、いくら可憐たって、そんなのは可憐の幼稚園です。しかし『年増の主張』をもって、世の甘いも酸いもかみ分けた女がみせる、ふとした折の可憐は、これは男心をぞくっとさせ

られるんです……」

ようまあ、しゃべるよ、この男は。

梅本はついに私とは、おしゃべり友達のまま過すつもりらしい。梅本には私のほうも「ソノ気」になれないのだから、それはべつにかまわないのだが、なぜ私はこう、片端からパス！ パス！ と男たちにいわれるのか、そこが知りたいと思う。

新しく入った客が、カウンターの一ばん端っこに坐ったようだ。女のほうがいってある。

「ここへは男の人とは、来え《け》へんのよ、女ばっかりで来ますねン。男の人にはナイショのお店……」

何だか聞いたような声だと思ったら、山名与志子ではないか、しかも与志子のとなりにいるのは山村文夫である。

私の視線を辿《たど》って梅本は同じく与志子たちを見つけ、

「お、お、奇遇ですなあ。これはこれは」

と立っていった。私たちと与志子たちの間には一組、客がいるので、梅本はわざわざ立ったのである。

与志子たちもびっくりしていたが、とりわけ与志子の表情に得意そうな色があるのを、私は見逃さなかった。

三人でしばらくしゃべってから、今度は文夫がふらりと立って私のところへやってきた。

その空いた席へ梅本は坐って、与志子としゃべりこんでいる。

文夫は、梅本の席へ坐り、

「毎度」

と、ご用聞きみたいな挨拶をする。

「ご機嫌さん」

「ご機嫌やないのよ、こっちは」

私はむくれている。しかし、そういう顔を梅本や与志子に見られるのはまずい。にこにこしながら、

「養子のクチ、見つかったらしいやないの」

文夫はおでこを叩き、

「いや、別に。——しかし住むとこのローンも要らん、いうの、ええデ。家もち土地つき車あり、というのは考える。それに処女やし、な——迷うデ。あかりさん、どうしたらええ？　スパッと決めてんか」

「阿呆。死ね。ボケ、カス、とんま」

私は吉崎久太の口ぐせがうつったらしいのだ。

「知るかい、あたしが、そんなこと。自分で決めたらええんやんか、何がローンや、何が家もち土地つき車あり、や」

いつか梅本が言っていた、彼の計算高い弟と同じことを文夫はいっている。文夫もやはりいまどきの若者である。

「いじましいヤツ。呆れ返るわ。功利的な動機で結婚するなんて、与志子が可哀そうやないの」

「なんで僕が功利的な動機やときめるねン」

「じゃ、好きなの、あの子」

「キライとはいうてへん。それに、僕、結婚するのんやったら、処女や、思《おも》てたし」

「古ゥ」

「古うても新しィても、これは千古の真理ですよ」

「その真理、古いわ」

「嫉《や》くなッて」

「誰が嫉くねン、あほ、ボケ、カス、しばいたろか」

私の罵詈雑言《ばりぞうごん》は、かえって文夫を喜ばせたとみえ、クックッと笑って、

「なあ、あかりさん、あとであの人まくさかい、あんたとこのマンションまで送らしてえな、ウチウチの話やけど、さ」

「要らん」

「ついでにベッドまで送ったげるから」

「与志子を送ったげたら？」

「いうたやろ、処女のガードは固いって」

「何も知らんな。処女のは簡単で、オトナの女は固いのよ」

「そやろか。しかし、あそこは親爺がうるさいらしい」

「あたしは本人がうるさいねん。こっちのほうがずっとむつかしいのや」

梅本が来たから、「ウチウチの話」は打ち切られ、男たちはそれぞれの席へ戻った。

「いや、さっき、山名さんと、お寺でのミニ連歌の会についてしゃべっていたんですよ。あの顔ぶれで、近々、また会いたいなあ、楽しかったから……と言い合いましてね」

それは楽しかったであろう、梅本と若原雅子、マドカとうどん安珍、与志子と山村文夫、それぞれ、仲よくやってるんだもの。

でも私はどうしてくれるのだ。「また会いたい」という人はいないのに。

4

山村文夫のいった言葉の中でも最も私を憤慨させたのは、「結婚するのんやったら処女や」という言葉である。そんなことを考えて、私をひたすらくどいていたというのは、

「許せん」

と私はひとりごちた。

土曜の午後、お天気はよいが、どこへいく気も起らない。観ようと思っていた映画もあったが、やめてマンションに帰ってきた。

「しみじみコーナー」はいまや全く、文字通りしみじみコーナーで、劣情をおこさせるどころか、「老いの友」となりそうなあんばいである。私はラクな部屋着に着更え、クッションを重ね、脚のところにもクッションを置いて脚切りのソファにくつろいで坐り、アガサ・クリスティの本を何冊かそばへ置き、まだ小テーブルはできないので、お盆に紅茶のカップをのせていた。

そういえば、次の日曜持ってきますと、吉崎久太は調子のいいことをいっていたが、あれから連絡はなく二週間たってしまった。夜、時折りあの罵声《ばせい》が聞えることもあるが、寒くなったせいもあって、ずっと窓は閉められており、耳にたつほどではない。

今日は違う教師である。

黒板に英語を書いているのが、白いカーテンのすきまから見える。中学生たちはたえず頭をもそも動かしたり、耳を搔いたり、机の抽出《ひきだ》しをのぞいたりしているようだ。

あれで勉強できるのであろうか？

試験に通る可能性があるのだろうか？　あてもない絶望的な闇《やみ》の重圧に、あのわるいあたまをふり絞って耐えようというのだ。

私は不出来な生徒たちを憐《あわ》れんでしまう。

しかしフト考えてみて私は、ヒトのことが言えるガラかいな、と思った。絶望的な闇の重圧、というのは私のことではないか。

しみじみコーナーが、老いの友コーナーとなるのは目に見えている。

私は、梅本には「話のしやすい、好みの確立した、オトナの節度ある、強くたくましい女」というのでおしゃべり相手とされ、文夫には「結婚は処女と、おつきあいは話のわかる女と」と思われて一生を送る、そんな女になるのであろうか。

紅茶をすすりつつ、私はあまり手持ちぶさたなので、クリスティを読む気もしなかった。

「劣情コーナー」の合間に「しみじみコーナー」になるのはよいが、いつもいつもしみじみコーナーではめいってしまう。

ソファの坐り心地はいいのだが、じっとこうしていたらますます、めいりそう。

こんなことなら映画でも観てくるんだった。

私が、

(そや、角谷《すみたに》のオッサン、呼んだろかしらん)

と思うたのはよくせきである。

あのオッサンならすぐ来る。土曜日も仕事してる男だから、心斎橋へでも呼び出せば、ちょこちょこと、こけつまろびつしてくるのは目に見えてる。オッサンを呼び出すことはつまり、あのオッサンと行くべきところへ行くこと、である。あのオッサンは、ゴハンを食べて映画でも観てさよなら、ということは決してしないのだから。

それでもいい、と思った。そのくらい淋しかったのだ。雅子は「淋しいの、あたし」と梅本に演技力で迫るが、私は本気でオッサンにそういおうとしている。角谷のオッサンは誠心誠意、なぐさめてくれるであろう。

そのやさしさはホンモノであろうけれど、それが私を充実させるかどうかは、わからない。しかしもう、そこまで考えてられない。

私はバッグの中の手帖を出し、角谷のオッサンの店の電話番号を調べる。

そのとき、誰かがドアホンを鳴らした。

「ボ、僕です」

吉崎久太であるらしい。私は合織だけど、サテンの青い部屋着が気に入っていたので、このままで逢うことにする。女は、すばやく何を着て逢うかをまず考えるのである。男はどうやってぬがすかを、まず考えるかもしれないけど。

「ボ、僕、おそうなってしもて、約束のもの……」

彼は新聞に包んだものを玄関で解きはじめた。

それは私が思っていたような、形のいい小テーブルで、キャスターがつき、白ラッカーで塗られている。

「気に入るやどうや分りませんけど。もしよかったら」

「まあ、お上りになりません？」

彼はテーブルを提げて上ってきた。何気なく彼を見て、私はびっくりしてしまった。唇が裂けて、ふくれ上り、左眼が腫《は》れてまぶたはうらめしげに垂れさがっている。

左半分、顔が青染みていた。

「交通事故？」

「いや、生徒にやられたんス。生徒が授業中に騒ぐんで、外へ出ろ、いうて一発かましたったら、撲《なぐ》り返して来よった。向う三人でかかってくるので、ちいとやられました」

「すごい」

「大分腫れはひきました。もう、四、五日になります」

「ひどい生徒ねえ。どうなりました、処分は」

「ようあることで、別に。その生徒ら、オートバイに乗って人身事故おこすわ、暴れるわ、学校は放校したがってますけど、僕、それだけはしたるな、ちゅうんですわ」

久太はテーブルをソファのそばに置き、高さの具合を見たり、動かしたりして見つつ、しゃべっている。

それはまるで私に、赤ん坊をあやす女友達や、米ソ戦争の話をもち出す女センセイに、「いこけー」というのと同じ調子である。

淡々としゃべっている。

「私立の学校が抛り出したら、公立はとても拾えへんさかいね。ま、公立が抛り出すのはもっと可哀そうやけど」

「だってそんな子、乱暴じゃありませんか、退校にされてもしかたないでしょ」

「いやあ、一、二年したらまた、ムクムクと勉強しとうなるんですわ。そやから休学にでもしてやれ、いうんやけど、病気のほかは休学はみとめん、いう。頭の固い、けったくそ悪い校長めらが」

してみると、彼は生徒の側に立ってるようである。

「荒れるのん無理ないトコもありますからな。上衣の長さ、ボタンのかけかた、スニーカーのはきかた、物凄いこまかい規則作って管理してますからなあ。――こっちのほうがいやになるんですわ。生徒、可哀そうです」

彼は、ぼそぼそとしゃべった。

「ほな、失礼します」

といって帰りかける。

「まあ、よろしいやありませんか、それにこのお代金、お払いしないといけませんし」

「あ」

といって彼はズボンのポケットから領収書のようなものを取り出した。

「これ、板代です。ラッカーは、ボ、僕とこにありましたから」

「手間賃……」

「ええス」

「あの、そいじゃ……」

私はなぜか、吉崎久太と、「しみじみコーナー」に坐ってみたくなったのである。

「この、テーブルの具合を調べるのに、ここに坐って下さいな」

「ハア。こうですか」

と彼は、自分で脚を切ったソファに坐り、膝をたてた。

そのソファは私が別珍の花柄の布をかぶせたため、見違えるような座椅子になっている。

「そうそう、で、あたし、ここに坐るんです、こうやってお酒飲むための、テーブルなの」

まさか、「しみじみコーナー」を、最初にこの男と使おうとは思わなかったけど。

それにしても、私は、梅本を部屋へ請《しょう》じ入れても何とも思わなかったのに、この男を入れると、何だかイソイソする。

「ビールにします？　ウイスキーの水割りがいい？」

と私は聞いた。

5

この吉崎久太は、梅本なんかとちがって、そばにいるだけで何となく、男くさい雰囲気があるのであった。といってべつに不精《ぶしょう》からくる汗のにおいや、男性用化粧品のにおいがするというのではない。いかにも男がいる、という感じである。

このオトコオトコした吉崎にくらべれば、梅本はそのおしゃべりといい、器用な料理の腕といい、どことなく「男のおばさん」という風情であるのだ。文夫にいたってはチイチイパッパのよだれかけ、という感じである。

しかし吉崎はオトコくさい。

それは彼が、ミもフタもなく話して聞かせた、「男の内幕の本音」、せっぱつまった「いこけー」の内幕に触れたからかもしれない。

彼はその内幕を、正直にしゃべっている。

正直かどうか、分らへんやないか、といわれればそうであるが、しかし吉崎久太のようすを見れば、私の人生キャリアでは、脚色して話を面白くしようとか、ブリッ子するという人柄ではないように思われる。そういう小細工を弄《ろう》しないところが男らしいといってもよい。

かつ、男っぽいといっても、昔、角谷《すみたに》のオッサンにホテルのなかでそばへこられたときのような、「ワッ！　こわッ！」といった圧迫感はないのである。何たって、同世代的な親近感もあるから。——

「いや、まだ日ィ明るいし、ボ、僕は、日ィのあるうちは酒飲まんです。それに車、ころがしてますから。コーヒーでも下さい」

「あら、そうですか」

私のいままでの人生キャリアでは、女の部屋でお酒を供《きよう》されるということになれば、男はみな、

（そンじゃまあ、……）

と相好《そうごう》を崩すはずであった。日が高かろうが車をころがしていようが、あとのことなんか知るかい、という感じで飲む、飲むというのは、くどく前の手続きであるのだ。しかしこの吉崎は要《い》らん、というのである。

私は急に、インスタントでない、ホンモノのコーヒーを淹《い》れたくなってきた。ちょうど挽《ひ》きたてのモカ・ブレンドを買ってあったので、ドリッパーで淹れた。そのあいだじゅう、吉崎は「脚切りソファ」の上でもじもじしていたが、それはどうやらベッドのほうを見ないように、見ないように、という努力からであるように思われる。

私はペーパーで濾《こ》して静かにお湯を粉にそそぐ。粉が沸き立って、いい匂いがたちのぼってくる。

「ねえ、オタクは、大工仕事のほか、何がご趣味なの」

なんて私は淹れながらしゃべっていたのだが、吉崎のほうは、

「ちょっと、失礼」

なんていって、ワサワサと立っていき、テレビをつけようとして、

「あ、つけてもええですか」

「どうぞ」

これも、はじめてである。大体、私の部屋へくる男たちは、文夫はくどくのにせっかちになり、梅本はおしゃべりに熱中して、テレビなんか顧みないのである。私はしかし、テレビをつけられたのは面白くなかった。私との対話よりも、テレビのほうに興趣を見いだす、ということではないか。

もっとも、私はキッチンで立ってコーヒーを淹れてるから、その間、彼は手持ちぶさたになるので、しかたない。

お盆にコーヒーカップを二つのせて持っていくと、いい匂いはますます濃くなった。

私はミルクと砂糖入り、彼はブラックでひとくち、すすって、

「うまい。こんなの、街の喫茶店でも飲まれへん。ボ、僕、コーヒー好きなんです」

という。

私のほうは、彼の作った小さな、細長い、キャスターつきのテーブルを、と見こう見、して感心した。コーヒーカップが二つ並ぶととてもいい感じで、思った通りの情趣になった。お酒のグラスが二つのっても、とてもいい風情になるように思われた。

「これ、とてもよくできてるわ。こんなの、街の家具屋にも売ってへんわ。――こういうの、あたし好きよ、オタク、ほんとに器用ね」

といったら、吉崎は私と視線は合せないままで、嬉しそうに笑った。

「こういう感じが好きなのよ、ね、女は」

われわれはいつも、女性ファッション誌に馴染んでいるものだから、それらにある独特の情趣写真の通りにしたがるクセがある。

レースのテーブルクロスや、小さい香水瓶、霞草《かすみそう》、リンゴを盛った籠《かご》、キャンドルスタンド、刺繍《ししゅう》のクッション、そういうのを、写真の通りに並べたいのである。私、こんなトシして、まだ少女っぽいかしら？

「……でも、女って、そういうトコあるのよね。このテーブル、まさにその通りなのよ」

私はテーブルをいとしむように撫《な》でるうち、だんだん気に入ってきて、ついでにドレッサーも、彼に白く塗りかえてもらおうかと思いついた。

なんで女って、白い色が好きなのやら、これも女性ファッション誌の影響であろう。白は花嫁の色だから、女という女は、潜在的にあこがれているのかもしれない。

「女って、どんなに現実的なヒトでも、一点、夢みる夢子さん、というトコ、あるのよねえ……」

私はしゃべっていて、彼がテレビに眼を熱心にあてているのに気がついた。彼は私に返事することも忘れ、コーヒーをすすりつつ、じーっと画面にひき入れられているようである。

それは推理ドラマか、刑事ものでもあろうか。夜道で、暴漢が若い女の子を襲っているシーンである。女の子の恐怖にゆがんだ表情がクローズアップされる。

〈キャーッ〉

と絹を裂くような悲鳴。

〈いやッ！　誰かきてえッ！〉

と女の子は叫び、目出し帽に地下足袋という、いかにも悪漢悪漢したスタイルの男は女の子と組んずほぐれつするが、男の力やまさりけん、女の子は組み伏せられ、スカートから太腿《ふともも》もあらわに出た脚がバタバタ……という、女としてはあまり見たくないシーンであるが、吉崎久太はじーっと目をこらして見、そのへんが男の浅ましさであろう。

「むふう……」

というような感嘆のためいき。やっぱりこの男もタダの男である。劣情をそそるシーンが好きなのだ。私は腹をたてて切ってやろうかと思ったら、

「……かわいそうな、なあ……」

と吉崎は太い嘆息をもらす。

「女の子が一人で暗がりをあるくからよ」

私は自分がそんな目に会ったことがないから同情的でないのである。

「いや、ちがう。オ、男がです……」

吉崎はいそいでいう。

「なんであの悪漢がかわいそうなんです……」

「あれ、悪漢やないス。……ふつうの男なんス。電車から降りて、家へ帰る道で、……女の子見てフト、そんな気になって、いや、男いうもんはかわいそうなもんなんス」

「切りますよ」

私はテレビを消した。女の子が地面に組み伏せられていたからである。全くテレビドラマって、こんなシーンを設定しないと作れないもんかしら。腹を立ててしまう。ついでにへんな方に同情してる吉崎にも腹を立てる。

「あれ、やりたい一心なんですヮ」

吉崎はぽつりという。考え考え、

「アホやなあ――あとのことは考えてられへんのですヮ。ノボせたら、メ、目の前のことしか、ないんですヮ、男ちゅうもんは」

「とめられへんの？」

「とまらんです」

「やめよう、という理性が働かないの？」

「働かんです」

「それじゃケダモノじゃありませんか、男って」

「ケダモノ、その瞬間は」

「なんでやめられへんのかなあ」

「やめられんです。そやから、ボ、僕、あの男、かわいそうになるんですヮ」

吉崎はさっきのドラマの悪漢に、すっかり感情移入しているようである。

「あんなことして、身ィ滅ぼす。とめてとまらんのやから、見ててかわいそう、というんですヮ」

「オタクはあんな場合、どうなるんですか。オタクも襲いたくなるんですか」

「うーむ。僕も、やる可能性、全くないとはいえんです」

吉崎は、コーヒーカップをひねくりまわしつつ、感慨深げにいう。

「たいていの男には可能性あるんやないかなあ。けど、たまたま、というか、偶然、そんなチャンスがなかっただけで」

「男の業《ごう》というんですかねえ」

「五か六か知らんけど、やりたい一心になったときは、血ィ、あたまへのぼってる。これ、周囲《はた》から見てると、かわいそうなもンです」

そんなもんかなあ、と私は考えた。私はたいがいのところ、男をようく知ってる気がしていたが、あんがい、何も知らないのではないか、という気がしてくる。それはこの男のように、正直に男の内幕の本音をしゃべってくれる男がいなかったからかもしれない。

私はもっと、そういう「男の内幕の本音」が聴きたくなってきた。

「ねえ、車、どこへ置いてるんですか」

「この北側の空地です」

「あ、そこなら大丈夫、駐車違反になりません。ねえ、ちょっとゆっくりして、お酒でも飲まない？」

「はあ」

「実をいうと、退屈してたんです。あたし、さっき。——この土曜の夜、何をして過そうかなあ、と困ってたの」

「はあ。しかし……」

「車は置いといて、電車で帰ればええやないの。オタク、おうちどこですか」

彼は五つ六つ先の私鉄の駅の名をいう。

「そんなら、一時間もかからへん……。だんだん、夕方になるから、もう飲んでもええのとちがいますか」

私はテープを入れて音楽を流し、小さく絞った。日本の女性ジャズ歌手、ハスキーな声が、ムーディで私は好きなんである。こういうときには効果あるんじゃないかしら。ワインとチーズ、という手もあるな、と私は考えた。そうそう、冷蔵庫に入れっぱなしのとっときの「ティオ・ペペ」、あれはこの男にゃ勿体ないかしらん？

こんなときでも私はつい、オカネの重みと男の値打ちを天秤《てんびん》にかけてしまうのである。

吉崎久太はむっつりと考えこんでいるようである。

私はワイングラスと、「ティオ・ペペ」を取って来た。コーヒーカップを片づけて、小さいテーブルにのせる。

そうして、クッションを重ねて彼の隣へ坐る。

こうやると、そのつもりなら、男の軀にぴったり、くっつけるようになる。椅子に坐ってテーブルを挟んでいる状態では、とてもできないことができる。つまり、手と手を重ねるとか、軀をくっつけるとか、もっと果敢な行動にうつるとか、おふざけ程度のキスをするとか。

ぴったり、膝をくっつけて、もっと劣情をそそることもできそう。

それにしても、もうすこし酔わなきゃ、男の業も、女の六も発動しない。とめてとまらぬ、という風にならない。私はこの男が好き、というのではないが、「男の内幕の本音」の正直さに、気をそそられていることはたしかである。

（まあええ、高価《たか》い酒でも、飲まなきゃ意味ない！）

私は「ティオ・ペペ」を彼のグラスについでやった。自分のは自分でつぐ。吉崎久太はぎょろりとした目で、つがれるのを見守っている。そのふくれあがった左眼のせいか、彼はブスッとしているようにみえた。

「乾杯」

と私はいってグラスを捧げたら、彼もあわてて挙げ、ひとくち飲み、ついでぐーっとあけてしまう。まるで車内売りの缶ビールをあおるみたい。これは、ていねいに味わうもんなのに。

冷えすぎているが、やっぱり、私にはおいしかった。二杯目をついでいたら、

「ア、あの……」

と彼はいって、さえぎるように手を振る。

「酒よりも、ボ、僕はですね……」

「え」

「外へ出たいです、オタクと」

「外で飲みますの？」

「いや。その」

吉崎の目は血走ってるようである。ケンカの負傷のせいばかりではないようである。

「もっと、ええとこ、あります」

いやだー。

いよいよきたな、「いこけー」と。

「もっとええとこって、どこですか？」

私はわざとはぐらかして、ひやかしてやる。しかし、おいしいな、この「ティオ・ぺぺ」は。やっぱり。

これは女性ファッション誌の情趣写真に、カップルが飲んでるテーブルにあったのを見たもの、私はいつかそういう時がくると思って、デパートで買いこんできたのである。

まさか、吉崎久太のような男と飲もうとは思わなかった。私はもっとロマンチックなムードをたのしめる相手と、飲むつもりであった。

しかし、それはそれとして、「ティオ・ぺぺ」には罪はない。さすがに、というか、おいしいのであって、私はこういうオサケを飲んでる、というだけで自己満足する。

「精神と肉体にええとこです」

なんて、吉崎は訴えるようにいう。

「あたしと、なぜ行きたいんですか」

「オタク、退屈してた、いうから、その」

「退屈というのは社交辞令で、コトバの綾《あや》ですわ、本気にとられたら困るわ……」

女が自分で「退屈してた」というのはよい。しかし男に「退屈してたやろ」といわれるのは腹立つ。

しかも退屈しのぎに「いこけー」と誘われるのは、よけい腹立つ。

「いや、あの、ボ、僕はですね、外はお天気ええし、気分ええので、ここで早うから酒飲んでるより、もっとおもろいことが……」

「ここでもおもろいやありませんか」

「いや、もっとノビノビとでけるトコがありますから」

「どうぞ、ここでノビノビなさって下さい」

「いや、ここではせせこましいです」

彼がチラとベッドを見た気が、私にはした。

「いったい、何をしたいっての」

私は意地わるが洋服を着たようになっている。女が思いきり、男に意地わるできるのは、寝る前だけである。男は、寝る前はいくらでも女に低姿勢になるのである。少々、チメチメしてやってもこたえないのである。

「リラックスしたいんです」

「あたし、充分、リラックスしてますわ。米ソ戦争の可能性について論じてもよろしいけど、何なら、お一人でリラックスしてきて下さい」

「オタクも行かな、意味ないです――ボ、僕、ずっと前から、ええトコ、みつけてるんです。そこ、好きなんですゥ。いっぺん、誰か連れてきたいナー、思《おも》てたんですヮ」

どこのラブホテルだろう。

この男は、そこを利用したくて知り合いの女に片っぱしから「いこけー」と声をかけては、振られていたにちがいない。

私は「バカにしないでよ！」といってもよいのであるが、吉崎久太の、腫れ上っていびつになった顔、そこに浮んでいる、つきつめたような表情を見ていると、何となく、このまえ感じた、あわれな気分になるのである。彼がさっき、男の衝動を「かわいそう」と表現した、そのシミジミした口調も、耳の奥に残っているからかもしれない。

私はわざと迷うふりをして、

「そうねえ……」

といい、ピンクのマニキュアをした指をじっとみる。そして思いついたように、ハンカチで爪を磨いたりしている。彼は熱心に、

「そこ、きっと気に入る、思います。そのへんだけでもぐるっと、車でまわってみませんか」

「うーん」

私はふと、心うごいた。ドライブならいいかもしれない。夕方から夜にかけての時間は、私のいちばん好きな時間である。街に灯がつきはじめ、それが次第に輝きを増す瞬間が何ともいえない。

何の目的もなく歩いてるだけで充実するという、たのしいとき。何となく人恋しくやるせなくなるとき。

角谷《すみたに》のオッサンとでも心斎橋で待ち合せしようかと思ったくらい、空虚だったのだから、私は車で街へいく、という思いつきに心動いたのだ。

「そうしようか。じゃ、着更えるから、下へ降りて車で待ってて」

「イ、行きますか。それがいいです。こんなとこにいてるより、ずっと健康的です！」

吉崎はとたんに顔を輝かせ、どもった。「いこけー」がはじめて成功した、とでも思ったのだろうか。阿呆かいな、街へ入ったら私はそこで降りるつもりである。

誰がこんな男の「いこけー」のままになるかいな。

吉崎が、こけつまろびつ、というように階段を喜んで降りていく音を聞き、私はいい気分で服を着更えた。「テリトリー」でものぞくかな、なんて思い思い、ちょっとドレッシイにしてみた。

吉崎は車をマンションの前にぴたっとつけていた。オフホワイトの、ツードアだが、あちこちキズのある、下駄がわりに乗り廻したといったシロモノである。

「汚いですが」

と彼はいい、ドアを開けた。足もとにテニスのボールが転がってたりするのを、彼はいそいで、後のシートに投げた。ティッシュペーパーだの、汚れたタオルだのが雑然と前の物入れにつっこんである。床には泥がこびりついていた。

「魚釣りにいくのにも、これでいくから、魚のにおい、しませんか。すんません」

と彼はいうが、魚のにおいより、男臭い車だった。

「どっちの方角ですか、連れていきたいトコって」

と私はひやかす。

「行ったらわかります――よかった、土曜日で。ウイークデーやったら、こんな時間、都心へ向けて走ってたら、えらい渋滞です」

彼は心弾みがかくせないようにイソイソしていた。私はまた、どたんばで彼に恥をかかせるのを楽しみにイソイソしている。

「ときどきは、こういうこともせな、あかんです、人間は」

吉崎久太は私を連れ出すことができて、有頂天のようであった。

「しかし女の人は、いやがりますな、なんでか」

当り前であろう。片っぱしから「いこけー」についていってちゃ、しようがない。

そう思いつつ、私は、ふと、

「あ、あ、あ」

といった。都心に近づいていたが、何思ったのか、車は長い長い淀川大橋《よどがわおおはし》を渡ると、左手へ、ひょいと逸《そ》れたのである。

「そっちへいくんですか」

「はあ」

「それ、困るわ。大阪のミナミへいきたいんです」

「あとで送りますから、まあまあ」

「困りますって」

「いや、もう、そこです」

こんな川沿いにラブホテルがあるのだろうか。ハンドルを握っている吉崎は快げに、

「それより、この空を見なさい。綺麗です。空気もよろしいです」

それはたしかにそう。

晩秋の夕空はまっ青で、空気は透明である。車は堤防をずんずんと北へ向けて走る。

右側に工場地帯があるが、煙を吐いていない煙突と長い塀《へい》がみえるだけ、左は広々とし

た河原である。

車は心得顔にその河原への道を降りはじめた。

「着いた」

吉崎久太はこともなげに言い、車を停めて私に外へ出るように促す。

何にもない河原である。

川岸にはコンクリートの塊がごろごろしているだけ。そしていちめんの葦《あし》は枯れすがれ、水面は光っていた。

すすきはすでにほうけて、風にさやさやと鳴る。黄色いひとむらの花は、キリン草《そう》である。

「さあ、ここへ坐って」

とやってきた吉崎はいった。彼は自分のポケットから出した、くしゃくしゃのハンカチを枯草の上に敷いてくれた。

「ここ、ええとこでしょう」

「え？　はあ」

私は腰をおろして、間抜けた声を出す。秋の日ざしにあたためられた草は暖かかった。

「僕、ここの景色、好きで、よう一人できます。すすきの中でノビノビ、寝っころがるのが好きなんですワ。ひろーい大空見て、せせこましいこと、忘れます」

「…………」

「サ、酒飲むより、リラックスできるでしょう？」

「ええ、……ええ」

「もうすぐ、あそこへ、日が落ちます。淀川いちめん、赤《あこ》うなります、ほら」

いう間に、夕日が雲間からあらわれ、あたりは赤く染まった。こうやってみると淀川はずいぶん幅のある川だった。向う岸は茫々《ぼうぼう》として見えないぐらいだもの。まん中あたりの水面に、夕日の色が流れ、首をめぐらして見ると、薄い夕月も浮んでいて、まあ、こんな大きな景色、久しぶり。

「ああ、……いい気分」

という声が私には自然に出た。

「そうやろ、思います。オタク、ちょっとくらーい顔になってたスからな」

吉崎はいうが、それは私を不快がらせはしないのであった。

「ホラ、はじめて、オタクが、ボ、僕の授業しとる塾の教室に向って、金切り声で叫んだとき」

「ハイ」

「すごい心身症やな、思《おも》た」

「ひどい」

「その対症には、こういうとこで、くつろぐのがいちばんス」

吉崎は上体を倒して、手をあたまのうしろへあてて空を見る。やさしい口調だと私は思い、私も同じように体を倒して空を見た。

夕焼け雲は金色にふちどられ、その合間から、赤みを帯びた空がひろがる。吉崎の顔を見ないで、大空を見ているせいか、私は気がるにいえた。

「オタク、『いこけー』いうから、てっきり、ホテルだと思っちゃった、あたし。ふふ」

「ボ、僕、ほんまに好きな人には、そんなこと、よういわんです。『いこけー』なんて」

吉崎はひときわ、どもる。

私の部屋、二人で暮らせないこともないわ——。フトそう思ってしまう。あのベッド、二人では狭いかしら？　でもあのベッドの思惑《おもわく》としては、どうやら、二人で使ってもらいたがってるような気がされるのであった。

枯葦の根もとまで赤く染まってきた。

解説――田辺聖子版『セックス・アンド・ザ・シティ』

中　島　京　子

語り手の「あかり」は三十一歳の独身ＯＬだ。住み慣れた女子アパートを出て、こじゃれたワンルームにセミダブルベッドを入れて暮らし始めた。

経済的にしっかり自立しているあかりには、行きつけの店が三つあって、会社の男性同僚たちと出かける「おいでやす」、短大以来の親友の与志子と気兼ねなく旨い和食を食べる「とことん」、そして仕上げに繰り出すバー「テリトリー」と、ＴＰＯに応じて使い分けている。

いま現在、彼氏はいないけれども、けっしてモテないわけではないらしい。一人でいるのは、結婚に至らない関係はそろそろやめにしたいと思って、相手を見極めようとしている結果のようだ。恋愛経験もそこそこあり、さばけていて明るく、男友達ともかなりあけっぴろげに、男と女の本音について語り合う。

あかりの女友達もおもしろい。与志子は親と同居のどことなくお嬢さん臭さの抜けきらない三十一歳だが、「テリトリー」で知り合ったマドカは自衛官、雅子は坊さんと、それぞれ年下男を手なずけている、個性的な女子である。

なんとなく、どこかでこういう感じのものを見たぞと思って思い出したのは、アメリカの人気ドラマ『セックス・アンド・ザ・シティ』で、放映開始が一九九八年とウィキペディアにあったから、一九八五年に書かれた本作は、なんと十四年もSATCを先取りした作品なのである。さすがは日本が誇るラブ＝シングルガール＝コミックノベルの女王、お聖さんである。書かれてから四半世紀も経っていて、日本の女を取り巻く状況だって激しく変化したはずなのに、「ハイ・ミス」とか「国民の九十九パーセントが結婚する」なんてところに時代性を感じるほかは、ほとんどいま読んでも違和感がない。強いて言えば、もし田辺先生がいまこの作品を書かれるならば、男性キャラクターに一人「草食系」を放り込んでおくんじゃないかな、といったくらいのところだ。

タイトルにあるとおり、テーマは単刀直入に「ベッド」である。この、買ったばかりのセミダブルベッドで誰と寝るか、という話だ。まさにSATCそのものだが、舞台がニューヨークじゃなくて大阪なので、コテコテの大阪弁が飛び交う。

最初の一篇「深追いについて」には、年下男、山村文夫の童貞喪失シーンが赤裸々に描かれる。これはあかりによる回想で、もちろん童貞を奪うのはあかりなのであるけれども、へたっぴの文夫のあれこれにイライラしたあかりは、「〈違う、違う、そこと違う！〉といったって山村クンに分る道理はなく、〈ンもう！　すかたん！〉と罵る私の